Le Pépin du Roi

Par Charles Esquier
et Henry de Forge

PARIS

E. BERNARD, IMPRIMEUR-ÉDITEUR

29, Quai des Grands-Augustins, 29

—

Droits de Traduction et de Reproduction réservés

Le Pépin du Roi

I

DE LA BIENHEUREUSE INFLUENCE D'UNE ORNIÈRE
DANS LES DESTINÉES DE M. PRUNIER

— Mossieu le Maire ! Mossieu le Maire !

Tout essoufflé, le garde-champêtre Michu appelait désespérément le respectable Monsieur Prunier, premier citoyen du petit village de Boispignon.

— Qu'y a-t-il ? gronda une voix, du haut de l'escalier.

— Il y a. Il y a… Mossieu le Maire… qu'il faut venir, et tout de suite.

— Impossible, mon bon Michu ! j'ai la migraine et mes pieds sont dans la moutarde.

— Venez tout de même ! C'est indispensable !

— Pourquoi ?

— Vous connaissez le chemin creux, à l'entrée du bourg…

— Oui… et après ?

— Dans ce chemin creux, mal empierré, plein de

grosses ornières, une voiture a, tout à l'heure, versé...

— Versé ?

— Oui-dà, jusque dans le fossé !

— Qu'elle y reste !

— Ne dites pas ça, Mossieu le Maire... Ne dites pas ça... Si vous saviez quelle personne était dans cette voiture !...

— Eh bien, quoi ! S'est-elle cassé quelque chose ?

— Non, Dieu merci !

— Alors que le diable l'emporte !... Bonsoir Michu... Je suis occupé.

— Mais, Mossieu le Maire, attendez donc... Cette personne...

— Eh bien !

— C'est le Roi !

Une chaise dégringola, suivie d'un broc.

Sous le saisissement causé par la stupéfiante nouvelle que lui annonçait Michu, ainsi, à brûle-pourpoint, M. Prunier s'était dressé au milieu de l'eau bouillante, la face congestionnée, les cheveux en désordre, agitant ses deux bras enfouis dans le peignoir et criant :

— Elodie ! Elodie !

Une jeune femme blonde, aux yeux doux, tout à fait jolie dans sa mise simple, mais de bon goût, apparut dans l'entrebâillement de la porte et demanda :

— Qu'y a-t-il, mon ami ?

En voyant son mari gesticuler ainsi, debout dans son bain de pieds, elle ne put s'empêcher d'éclater de rire.

— Il y a, Madame Prunier, que la rumeur publique, par la voix de Michu, me prévient d'une catastrophe survenue tout à l'heure sur le territoire de la commune que j'ai l'honneur d'administrer, à Sa Majesté le Roi Louis-Philippe en personne, dont la voiture vient de verser.

— Grand Dieu ! fit la jeune femme éplorée.

— Il y a enfin, qu'en égard à ma situation prépondérante, je me trouve indubitablement désigné pour me rendre au plus vite sur les lieux.

— Toi, mon ami, te trouver en présence du Roi !

— Oui, Elodie, du Roi lui-même, que la France a été à deux doigts de perdre, mais qui, grâce au Ciel, paraît-il, ne s'est pas fait de mal.

En hâte, M. Prunier se séchait.

— Vite, vite, mes bas... C'est cela... Prépare-moi mes affaires, mon gilet gris, ma redingote des grands jours, et ma montre à breloque.

La jeune femme, stupéfaite de cette nouvelle inattendue, qui venait ainsi troubler son existence si calme et exempte de drames d'aucune sorte, allait et venait, très affairée, très émue, cherchant les vêtements de son mari.

— Est-ce possible, tout de même ! Le Roi à Boispignon ?

— Oui, Elodie, Michu me l'a affirmé...

— Le successeur de Charlemagne !

— Et de Louis XIV. Vite, vite ma cravate... La rouge. Non... Celle à pois... Ce sera plus convena-

ble... Mets à tout hasard mes gants dans une poche..
Tu te trompes... Ce sont les tiens...

— Où ai-je la tête, mon Dieu !

— Un attentat, peut-être, Elodie... Donne-moi ma
canne à pommeau d'argent .. Les bonapartistes sont
capables de tout... Un roi si populaire... Brosse en
hâte mon chapeau neuf... qui aime à se mêler à la
foule, à sortir seul comme un bon bourgeois... Certainement, il y a quelque attentat là-dessous... Mon
nom sera dans les journaux... Elodie !

— Mais je suis là !

— C'est juste ! Excuse-moi ! Le trouble, l'émotion.
Penses-tu que, dans quelques minutes, l'homme dont
tu portes le nom va parler au Roi comme il te parle
en ce moment, au Roi de France... Que vais-je lui
dire ?... Quoiqu'il en soit, Elodie, prépare-toi.

— Moi aussi !

— Evidemment,.. mets ta plus belle robe... On ne
sait pas ce qui peut arriver.., Bon, me voilà prêt...
Je descends,.. Michu est reparti ? Il a bien fait... Il
va annoncer ma venue... Pourvu qu'il ne parle pas
du bain de pieds,.. A tout à l'heure !

Et solennellement, comme il convenait en cette
circonstance mémorable, M. Prunier embrassa sa
femme sur le front, et, tandis qu'il refermait la grille
du jardinet, cria :

— Elodie, je vais appartenir à l'histoire !

Du plus vite qu'il put, il se dirigea vers la partie
du village qu'avait désignée le garde-champêtre.
Des gens s'y portaient, ayant appris eux aussi la

nouvelle, parfaitement exacte. Louis-Philippe avait eu la fantaisie de traverser seul en voiture la forêt de Montmorency, qu'il aimait particulièrement pour ses sites pittoresques et les ruines qu'on y rencontre. Au moment où il revenait vers Paris, une ornière malencontreuse avait occasionné l'accident, un accident sans grande suite, heureusement, car, lorsque M. Prunier, tout pâle du grand honneur qui lui incombait, arriva, guidé par Michu, il trouva Sa Majesté fort souriante et qui lui dit :

— Monsieur le Maire, c'est la Providence qui a voulu cet'incident dans ma promenade. Il me permet d'admirer à mon aise un des coins les plus délicieux de la forêt.

Boispignon, petit bourg de quelques centaines d'habitants, se trouvait en effet fort heureusement situé, étageant ses maisonnettes blanches sur le flanc d'une colline d'où l'on découvrait la masse imposante de la forêt de Montmorency.

Les véritables touristes connaissaient bien et fréquentaient ce coin, quoiqu'il fût à bonne distance de la capitale.

M. Prunier, qui s'était incliné jusqu'à terre devant le Roi, bégaya :

— Sa... Sa... Majesté était seule ?

— Tout à fait seule. J'aime assez me promener ainsi en voiture, incognito, et les aventures de voyage ne sont pas pour me déplaire.

Le choc avait été amorti par le talus gazonné et la voiture, uniquement, avait souffert.

Michu s'était mis tout de suite en quête d'un charron. Boispignon, quoique très pauvre village et dépourvu de toutes ressources, en possédait un. Mais la malechance voulut justement que ce charron se trouvât, ce jour-là, cloué au lit par des rhumatismes. Boispignon ne comptait que deux carrioles, l'une appartenant à un fermier et l'autre à un marchand de grains. Michu courut s'informer. Hélas ! La première se trouvait à la foire du chef-lieu de canton et la seconde, fraîchement repeinte, séchait au soleil.

Quel contre-temps ! Le Roi ne pouvait pourtant pas rentrer à Paris à pied et il fallait quatre bonnes heures avant qu'on eût le temps de prévenir au Palais. La nuit alors serait tombée.

M. Prunier se désolait.

— Qu'à cela ne tienne, fit le Roi ! Ce pays m'enchante, et je désire faire de plus près sa connaissance. Faites seulement en sorte, je vous prie, Monsieur le Maire, que l'on soit prévenu aux Tuileries. Un exprès suffira. Qu'il annonce mon arrêt ici jusqu'à demain matin ; une voiture pourra venir me chercher vers les dix heures.

Louis-Philippe se frottait les mains, enchanté.

— Justement, la Reine est aux eaux, avec mes fils, et je suis garçon ! Monsieur le Maire, je m'invite sans façon à votre table. Rien ne me plaît comme la simplicité de la campagne, et si vous voulez bien de moi pour hôte, je vous demanderai ce soir à souper.

M. Prunier, éperdu, de très pâle qu'il était, tourna au rose, puis au rouge, puis au violet.

Devinant son émotion, Sa Majesté voulut le mettre à l'aise :

— Ce sera en ami, vous savez, je ne veux de frais d'aucun genre... A la fortune du pot de la ménagère... Mais j'oubliais de vous demander : êtes-vous marié ?

— Oui, Sire...

— Mes compliments... Et votre femme est en bonne santé ?

— Grâce au Ciel, Sire...

— C'est promis que vous ne changerez rien pour moi à vos habitudes !...

— Sire, le jour présent sera le plus beau jour de ma vie.

Le Roi sourit, touché de tant d'empressement. La figure du maire de Boispignon lui plaisait.

Sous ses façons un peu solennelles, M. Prunier était en effet le meilleur homme qui fût au monde. Sa large figure épanouie disait la bonté.

— Monsieur, fit le roi paternellement, je sais que les habitants de ce ravissant petit pays ont fait un excellent choix en vous élisant... Il y a longtemps que vous êtes maire ?

— Dix ans, Sire, et j'en ai quarante.

— Hé ! hé ! Vous ne les paraissez guère...

M. Prunier sentait ses jambes fléchir sous lui. Que d'honneurs ! Quelle suite extraordinaire de grands événements dans sa vie si paisible !

Ah ! Comme on avait raison de vanter le sans-façon, les manières affables du souverain !...

— Cours vite, Michu, glissa-t-il à l'oreille du garde-champêtre, prévenir Mme Prunier de l'honneur inouï qui nous est fait. Notre modeste toit va abriter le roi de France.

La chère femme ne tomberait-elle pas à la renverse à cette nouvelle, elle si peu faite pour les émotions, menant à Boispignon, depuis les quinze mois qu'elle était mariée à M. Prunier, sensiblement plus âgé qu'elle, une bonne petite existence confortable et sans secousses.

Toute jeune, toute menue, toute timide, elle ne connaissait rien des solennités des grandes villes et n'avait jamais vu le Roi qu'en image.

Saurait-elle — si brusquement prévenue surtout — ne pas perdre la tête et observer correctement ses devoirs de maîtresse de maison, si délicats en la circonstance ?

M. Prunier se le demandait avec angoisse, tout en conduisant Sa Majesté aux principaux endroits des environs, d'où le point de vue était à juste titre réputé.

Louis-Philippe, enchanté, ne tarissait pas d'éloges :

— Cet air vif m'ouvre l'appétit, mon cher Maire, et je sens que je ferai honneur à votre repas.

— Hélas ! songeait M. Prunier, comment cette pauvre Elodie s'en tirera-t-elle ?

Mais les femmes, quand il s'agit de faire accueil, sont de véritables fées.

En un tour de main, Mme Prunier, bien loin de

perdre la tête, disposa tout dans la maison, prépara
spécialement la chambre bleue, la chambre conju-
gale, dont la vue sur la forêt était admirable ; elle
improvisa un de ces dîners fins dont, ménagère excellente, elle avait le secret, et quand le roi, un peu
las de sa belle promenade au soleil couchant, arriva
devant la demeure de M. Prunier, il lui dit :

— J'ai admiré bien des choses dans ce pays, mais
je n'en avais pas admiré encore le plus aimable orne-
ment.

Et d'un geste fort gracieux, il salua la jolie hôtesse
qui, en robe de mousseline rose, toute frêle, toute
blonde, un sourire aux lèvres, l'attendait sur le pas
de la porte...

II

MONSIEUR ET MADAME PRUNIER JOUENT UN RÔLE
DANS L'HISTOIRE DE FRANCE

— Vous m'avez gâté, Madame, et je n'ai jamais
fait, je vous jure, un aussi succulent repas. Encore
un peu de cette crème exquise, je vous prie !

Mme Prunier, qui avait confectionné pour le Roi
certaine crème au marasquin, qui était d'ordinaire
son triomphe, rougit de plaisir.

— Si vous saviez, monsieur Prunier, continua
Sa Majesté, à quel point je suis heureux de voir des

foyers comme le vôtre, paisibles et charmants, dans le calme des petites villes. On y respire une atmosphère reposante. N'avez-vous pas toutes les joies ?...

Galamment, il désignait sa jolie hôtesse.

M. Prunier, confus, se prodiguait, très digne.

Il avait été chercher à la cave la seule bouteille qui lui restât de certain crû de son grande-père, un crû fameux et qui datait d'avant la Révolution.

Religieusement il l'apporta, couverte de la poussière vénérable des années.

Le Roi daigna s'extasier, véritablement ravi de l'accueil de ces braves gens. M. Prunier lui paraissait le plus honnête homme du monde, et Mme Prunier était si gracieuse, si prévenante, qu'il passait d'agréables heures en leur compagnie.

Tout en causant, il apprit vite leur histoire :

L'heureux époux d'Elodie Prunier était resté longtemps garçon, tenant compagnie à sa vieille mère, menant dans ce petit pays de Boispignon une existence de bourgeois aisé, mais tranquille, sans ambition apparente.

A la mort de sa mère, il s'était trouvé tout désorienté et avait compris que l'heure était venue pour lui de se marier, ce à quoi il n'avait jusque-là pas beaucoup pensé.

Une jeune fille de Boispignon, jolie, mais orpheline et dépourvue de dot, se morfondait sans épouseur.

M. Prunier, qui était riche, en fut ému, et lui offrit un matin sa fortune avec son cœur par dessus le marché, un cœur fort épris d'elle, assurait-il, et qui rajeunirait à son contact.

Elle fut touchée de cet amour qui semblait sincère. Ce prétendu, bien qu'il fût de vingt ans plus âgé qu'elle, avait bonne tournure et ne lui déplaisait pas.

Et c'était ainsi qu'ils s'étaient mariés, il y avait quinze mois, s'accordant admirablement, elle passant son temps à le dorloter, lui se laissant vivre...

Le repas, ce jour-là, se prolongea. La nuit était douce, et Sa Majesté avait exprimé le désir de recevoir, au café, les quelques notables du pays.

Tout ce que Boispignon comptait d'illustre avait été convoqué en grand'hâte, par les soins diligents de Michu, et s'était paré, pour la circonstance, de ses plus beaux atours.

Le Roi s'amusait de l'effarement de ces braves gens, essayant cependant de les mettre à l'aise.

Mais il avait toutes les peines du monde à ne pas rire en voyant la femme du marchand de grains, Mme Heurtebise, une petite dame boulotte, lui faire solennellement une révérence à l'ancienne mode, toutes les fois qu'il lui adressait la parole.

Dehors, en face de la maison de M. Prunier, le village entier était rassemblé, en contemplation muette devant les murs qui avaient l'honneur insigne d'abriter le souverain.

Et quand celui-ci, tout en causant, s'approcha d'une fenêtre ouverte, un formidable vivat l'accueillit, à sa grande surprise.

Michu, dans la main de qui Louis-Philippe avait

mis une belle pièce d'or toute neuve, se distinguait surtout par ses acclamations bruyantes.

Un à un, les notables de Boispignon, qui étaient venus chez le maire, se retirèrent, enchantés de l'accueil cordial de Sa Majesté qui, après avoir fumé, en compagnie de M. Prunier, un dernier cigare, demanda à prendre congé de ses hôtes.

— Mais, Sire, s'exclama M. Prunier, ma maison serait heureuse de vous abriter cette nuit.

— Je vous remercie vraiment, mais ce serait trop vous déranger.

— Je vous en prie, Sire, appuya Mme Prunier.

Elle avait une façon d'insister si gracieuse, vraiment, un sourire si engageant, que le Roi se laissa vite persuader qu'aucune auberge à Boispignon n'était digne de le recevoir, et que ce serait pour la famille Prunier un éternel honneur de l'abriter sous son toit.

Galamment, il daigna répondre :

— Madame, une jolie femme est le seul ennemi auquel un roi de France ne saurait résister.

Elodie avait préparé la chambre bleue. Le lit conjugal aurait l'honneur de recevoir Sa Majesté. Elle avait disposé de jolies fleurs dans les vases, et, attention délicate, placé sur la cheminée, bien en évidence, un portrait qu'elle possédait de Monseigneur le duc d'Orléans, fils du Roi.

Louis-Philippe en fut touché.

Tout le long du repas, d'ailleurs, il s'était montré pour ses hôtes d'une exquise amabilité. Même

M. Prunier avait eu le grand honneur de le voir faire visiblement à sa femme deux doigts de cour, et il en avait été extrêmement flatté.

Après quoi, ayant bu et mangé de façon à ne pas laisser oublier son aïeul Henri IV, Sa Majesté se retira dans la chambre bleue, non sans s'être extasié devant l'armoire ancienne qui l'ornait et la vue qu'on y avait de la fenêtre sur la forêt endormie.

A pas légers, afin de ne pas troubler le précieux repos de Sa Majesté, M. et Mme Prunier vinrent dans la salle à manger se concerter.

La plus élémentaire correction exigeait qu'ils veillassent sur leur hôte, et M. Prunier ne parla rien moins que de s'étendre, un pistolet à la main, en travers de la porte. Mais sa femme lui fit observer que ses ronflements, s'il lui arrivait de s'endormir, pourraient incommoder Sa Majesté.

Bref, après un petit quart d'heure de délibération, il fut convenu que, pour ne pas surmener non plus leurs forces respectives, déjà très éprouvées par les émotions de la soirée, il se relaieraient de trois en trois heures et monteraient successivement la garde sur un fauteuil dans une petite pièce attenante à la chambre bleue.

Celui des deux qui ne veillerait pas irait s'étendre au rez-de-chaussée sur le canapé du salon.

L'autre demeurerait aux écoutes, attentif, ayant à proximité un vieux pistolet et le sabre de capitaine des pompiers de M. Prunier, au cas peu probable, Dieu merci, où quelque attentat aurait lieu!

Sa Majesté n'avait donc rien à craindre. Avant d'arriver jusqu'à elle, un assassin aurait d'abord à passer sur le corps de ses gardiens.

Mme Prunier devait monter la garde la première — de onze heures du soir à deux heures du matin. — Pendant ce temps, son mari prendrait quelques minutes de repos bien mérité.

En effet, demeuré au rez-de-chaussée, le digne homme ne tarda pas à s'assoupir et à ronfler, si fort que sa femme l'entendait d'en haut.

— Comme j'ai bien fait, pensa-t-elle, de l'empêcher de s'installer en travers de la porte. Il aurait troublé le sommeil du Roi.

Le Roi !

Ce mot la troublait. Etait-ce possible qu'il fût là, vraiment, à quelques pas d'elle !

Dans sa mémoire chantait tout un monde de légendes dont son enfance avait été bercée. Souvent elle avait rêvé à ce personnage mystérieux, le Roi !

Et voilà que tout à coup la légende prenait corps, le rêve devenait réalité.

O moments inoubliables et qui jamais, sans doute, ne reviendraient !

Avait-elle été à la hauteur de son rôle ? Avait-elle fait tout ce qu'il fallait ?

N'avait-elle pas paru à sa Majesté trop provinciale et trop naïve, quand, au cours du dîner, elle avait rougi comme une cerise, sous le feu des compliments qui lui avaient été décochés, à brûle-corsage, bien plus sur sa beauté que sur sa science culinaire.

Le Bain de Pieds.

Dire qu'elle était seule, au milieu de la nuit à deux pas du Roi, ce personnage qui, croyait-elle, ne rencontre jamais de cruelle !

Dire qu'elle était séparée de lui seulement par une porte et qu'il la trouvait jolie !

Et, singulièrement émue des étranges pensées qui l'assaillaient pour la première fois, en même temps que de certains souvenirs historiques sur le droit du Seigneur, la pudique Mme Prunier, eut un petit frisson de crainte délicieuse, même pour une honnête femme.

. . . .

— Je crois qu'il est l'heure de te remplacer, Poupoule, fit M. Prunier qui venait de monter, ses pantoufles à la main, pour ne pas faire de bruit. Il ne s'est rien passé d'anormal, demande-t-il en indiquant la porte de la chambre bleue ?

— Rien, mon ami.

— Tu as l'air rêveur.

— Je suis un peu lasse, je te l'avouerai...

— Tu es toute rouge !

— C'est la chaleur.

— Tu n'as pas dormi ?

— Non, bien sûr. Est-ce qu'une sentinelle dort pendant sa faction, et surtout pendant une pareille faction ?

— Qu'as-tu fait, alors ?

— Mais rien de spécial, mon ami ! J'ai songé à cette extraordinaire aventure, et je me suis dit que te voilà célèbre désormais. Tu as offert à dîner au

Roi de France comme si tu étais son cousin. C'est un grand honneur, cela !

— Que tu partages, Élodie !

— As-tu été content de moi ?

— Très content, fit-il en déposant un grave baiser sur les boucles blondes de son épouse. Tu as vu, du reste, que sa Majesté semblait ravie, et elle s'est montrée, particulièrement à ton égard, des plus aimables. Mais... écoutons...

M. Prunier tendit l'oreille :

— Tu as entendu quelque chose ?...

— Il m'a semblé... Oui... En effet...

— Quoi donc ?

— Tu ne distingues pas...

— Ah ! si...

Tous deux se regardèrent très émus.

Et levant le doigt, d'un geste solennel, M. Prunier proclama gravement :

— Le Roi ronfle ! Vive le Roi !

*
* *

Il était bien agité vraiment, cette nuit-là, ce bon M. Prunier. en prenant à son tour la garde d'honneur à la porte de Sa Majesté

Il commença par s'assurer que son sabre de capitaine de pompiers était bien à sa place à côté du pistolet chargé. Il poussa même la précaution jusqu'à sortir deux ou trois fois la lame de sa gaîne...

Puis, s'installant dans le fauteuil de velours rouge

qui avait été monté de son cabinet de travail, à cette
occasion, il chercha une attitude digne de cette circonstance.

— Prunier, mon ami, pensa-t-il, cette heure est
solennelle, et le monde a les yeux fixés sur toi.

Il demeura immobile, le sourcil froncé, le regard
hautain, la bouche sérieuse, la main droite passée
dans son gilet, à l'instar de Napoléon.

C'est ainsi qu'il passerait à la postérité, lui Prunier,
maire de Boispignon, qui avait, pendant une nuit,
tenu entre ses mains la fortune de la France.

Et en effet, ce Roi qui reposait là, à côté, dans la
chambre bleue, seul, sans armes, n'était-il pas à sa
merci?

Un geste seulement, et le nom de Prunier pouvait
étonner le monde...

Il passa sa main sur son front.

— Je rêve, fit-il ! La grandeur de ma destinée
m'éblouit...

Un tourbillon de désirs ambitieux emplissait son
cerveau. Il aurait aimé se lever, faire des discours.
Il aurait été éloquent, bien sûr...

Un moment, il s'accouda à la fenêtre entr'ouverte
et contempla la nuit étoilée.

Au fait, pourquoi ne serait-il pas ambitieux, comme
les autres, maintenant que le sort lui souriait ? Il
fallait que la Providence eût quelque dessein sur lui
pour avoir voulu qu'il jouât ainsi un rôle dans cette
page d'histoire de la Royauté.

Au fond de son cœur, bien des rêves, inavoués

ne sommeillaient-ils pas ? Celui d'être lui aussi un fonctionnaire important, celui de devenir un homme politique ! Parfois, il se sentait étouffer dans ce village de province trop petit, indigne de lui, et, en secret, il attendait son heure...

Cette heure, sans aucun doute, avait sonné.

Alors M. Prunier cambra sa taille, releva d'un geste noble, le reste de ses cheveux déjà grisonnants et dit, pas trop haut, de peur de réveiller son hôte :

— Etoiles, regardez-moi !

Mais, en se reculant, son pied heurta quelque chose.

Surpris, il se baissa.

— Tiens, un cigare à demi-fumé... Mais c'est celui que le Roi a jeté tout à l'heure, en prenant congé de moi. Une relique !

Avec d'infinies précautions, il recueillit les débris du havane, prit une enveloppe, l'y renferma et y apposa un immense cachet de cire rouge.

Puis, sur cette enveloppe, M. Prunier écrivit en lettres énormes la date désormais inoubliable de cette nuit historique : 28 juin 1847.

Et, s'enfonçant dans le moelleux fauteuil de velours rouge, il rêva au bonheur de vivre...

*
* *

Hélas ! il est bien vrai de dire que les meilleures choses ont un court destin.

M. Prunier espérait posséder Sa Majesté toute la

matinée jusqu'à son départ, pouvoir deviser en tête-à-tête avec Elle tout en prenant le petit repas familial.

Même, il projetait, entre huit et neuf heures, une promenade en camarades jusqu'à l'Etang des Sylphes, un coin délicieux que le Souverain ne connaissait sans douté pas.

Quel honneur ! Quelle joie de pouvoir converser ainsi avec le roi de France.

M. Prunier s'enhardissait.

La nuit, pendant ses heures de veille, à la porte de la chambre bleue, il avait fait un projet, un projet immense, celui de se faire connaître à Louis-Philippe, de s'épancher un peu dans le sein royal, de lui montrer, en quelques heures de causerie intime, tout ce qu'il y avait au fond de son âme, quels trésors d'intelligence et de dévouement, quelle élévation de sentiments elle renfermait.

Certes ce souverain si bon, si délicat, de cœur si haut, ne resterait pas insensible à ses confidences. Il jugerait M. Prunier à sa juste valeur et peut-être agirait en conséquence.

Le digne homme n'avait, sous aucun régime, brigué ni postes ni honneurs. Mais pourrait-il refuser des marques d'estime d'un roi dont il se serait trouvé le compagnon, qu'il aurait reçu à sa table?... Et puis, pensait-il, quand on se sent une valeur réelle, sans être vaniteux, on aime à ce que d'autres l'apprécient ; on a toujours sa petite fierté, sacrebleu !

Et, en bon mari qu'il était, M. Prunier s'attendrissait à penser à la joie qu'en ressentirait, par contre-coup, son épouse, cette chère Élodie qui, devant le roi, avait su, elle aussi, si bien jouer son rôle de maîtresse de maison, de femme du monde et de su-jette respectueuse.

Il lui semblait qu'un lien, un lien impossible à rompre, l'unissait désormais à Louis-Philippe, et que tout à l'heure, certainement...

Mais, patatras... quelle est cette fanfare matinale qui éclate à l'improviste sous les fenêtres de M. Pru-nier ?

Effaré, le maire de Boispignon se précipite à la fenêtre. Mme Prunier, réveillée en sursaut, fait de même.

Grand Dieu ! c'est l'orphéon du chef-lieu de canton qui, bannière en tête, est venu donner une aubade au souverain.

Les gens du village sont tous là, y compris Michu qui parle beaucoup.

L'animal n'a pas dégrisé de la nuit, en l'honneur de Sa Majesté. Les deux cabarets de Boispignon sont restés ouverts, d'ailleurs, en permanence, pour cette cause exceptionnelle...

A l'auberge du Coq d'Or, l'unique hôtellerie du pays, un relais de poste est arrivé dans la nuit se mettre à la disposition du roi, et il paraît que deux aides de camp, un commissaire et six agents de po-lice sont là, attendant des ordres du souverain. La gendarmerie entière est sur pied, et, dans les rues de Boispignon, on entend traîner des sabres.

Des bruits de toutes sortes circulent :

Le roi est parti. Le roi va partir. Il a mal dormi. Il est malade.

La réalité est que cette malencontreuse fanfare l'a tiré du profond sommeil dont il dormait, dans le grand lit remarquablement moelleux de la chambre bleue.

M. Prunier est navré. Pour comble de malheur, voilà qu'il pleut, — une petite pluie fine et cinglante qui trempe jusqu'aux os les musiciens de l'Orphéon.

M. Prunier, du haut de sa fenêtre, gesticule :

— Retirez-vous ! Le Roi vous remercie... Le Roi aurait préféré dormir.

Ces braves gens, dont beaucoup ne connaissent pas M. Prunier, le prennent pour Louis-Philippe et l'acclament frénétiquement.

Mme Prunier, elle aussi, est nerveuse. Les émotions l'ont brisée, et elle n'a, pour ainsi dire, pas dormi.

Elle rêvait, comme son mari, une autre matinée. Depuis l'aube à ses fourneaux, elle mijote un chocolat exceptionnel, un chocolat « à la Louis-Philippe » avec de savoureuses tartines.

Sa Majesté aura-t-elle le temps de le prendre ? Pourra-t-elle même le lui apporter en personne, avec un sourire, comme, toute la nuit, l'idée lui en a trotté par la tête ?

Pour la circonstance, elle a frisé ses boucles blondes, repassé son tablier à festons et mis à son cou un joli ruban printanier ;

— Un vrai bonbon ! a dit M. Prunier.

— Il n'est pas pour toi, a-t-elle répondu, malicieuse.

— Je ne suis pas jaloux, va...

Mais hélas, dans la chambre bleue, chez le roi, sont déjà, en grande conférence, les deux aides de camp. L'un a apporté un portefeuille en cuir, bourré de la correspondance royale, sans doute, et Sa Majesté ne s'est pas encore montrée.

Le chocolat, pourtant...

Le rez-de-chaussée a été envahi par des inconnus. Trois gaillards, de mine singulière, se sont installés dans la salle à manger, sans façon. Il paraît que ce sont des gens de la police qui gardent le Roi. Quel métier, grand Dieu, que de gouverner dans ces conditions ! Ne valait-il pas bien mieux reposer tranquille, comme cette nuit, sous la seule garde du digne maire de Boispignon ou de sa jolie épouse ? Ah ! chacun d'eux suffisait à monter bonne garde, et, d'ailleurs, le pistolet et le sabre de capitaine de pompiers étaient bien là pour quelque chose.

Miséricorde ! Voilà des chevaux qui piaffent devant la porte ! Ils sont attelés à une berline. Le roi va partir évidemment. Mme Prunier perd la tête. La mère Michu, qui est venue donner un coup de main, peut à peine servir tout le monde, les aides de camp, les gens de police, les gendarmes. C'est un va-et-vient de bols, de lait bouillant, de café, de thé.

Et le Roi, dans tout cela, a-t-il pris quelque chose ? Mme Prunier, son hôtesse, aurait bien le droit de le savoir. Mais le Roi est invisible. L'étiquette l'a repris sous sa coupe, et tous ces gens qui ont envahi la maison font observer cette étiquette.

M. Prunier s'inquiète, se désole...

Ah ! ses rêves de cette nuit ! L'Etang des Sylphes, la causerie, les confidences !...

Dans la rue, des sabots de chevaux résonnent sur les dalles... Dix grands diables de gendarmes viennent prendre position des deux côtés de la berline. l'escorte, probablement...

Allons ! C'est dit : le Roi va partir.

En effet, le voilà qui sort de la chambre bleue. M. Prunier, décontenancé, ne sait ce qu'il doit dire. A ses côtés, Mme Prunier, éperdue, fait, à tout hasard, une révérence comme elle en a vu faire hier à Mme Heurtebise.

Mais Louis-Philippe, qui est pressé de s'en aller, vient vers ses hôtes. Il sourit, mais ce n'est plus le même homme : il semble moins affable, plus raide, plus préoccupé.

— Mon cher M. Prunier, dit-il, cependant, en tendant la main au maire, je n'oublierai jamais votre cordiale hospitatité dans ce ravissant petit pays, et j'espère avoir le plaisir de vous rendre bientôt à la Cour le dîner d'hier.

— A la Cour ! répète M. Prunier, ébloui.

— Certainement ! J'ai su apprécier votre loyalisme... Les bons citoyens comme vous sont rares.

Je penserai à vous, M. Prunier, et à votre charmante femme... Allons, au revoir !

— Sire... Votre Majesté...

Eperdu, cramoisi, M. Prunier balbutie et s'incline ; Mme Prunier, elle, est pâle, bien pâle.

* *

Que s'est-il passé ensuite ? ni l'un ni l'autre n'en ont conscience. Il y a eu du bruit, beaucoup de bruit, un va-et-vient de gens affairés, des hennissements de chevaux et des vivats... Puis, plus rien, rien que le bruit monotone de la pluie sur le pavé de la rue déserte.

Fini le beau rêve royal !

Rien ne reste plus que de menues traces, du désordre dans l'appartement, des fleurs inusitées dans les vases, le sabre de capitaine de pompiers et le pistolet à une place inaccoutumée, le lit de la chambre bleue défait contre l'habitude et, sur le fourneau, devant la mère Michu abêtie, le chocolat destiné au Roi qui, inutilisé, s'évapore lentement, à force de bouillir.

Mme Prunier sent alors le cœur lui manquer tandis que M. Prunier, pour la remettre, lui donne sur les joues de petites tapes et lui crie dans les oreilles, avec l'accent de la joie la plus vive :

— Remets-toi, Élodie !... Tu as entendu ce que m'a dit le Roi. Il a su m'apprécier... Il ne me laissera pas moisir dans ce petit village... C'est certain !... Tu seras sous-préfète, préfète... et qui sait... peut-être irai-je plus haut...

Que dirais-tu si tu voyais ton mari pair de France... oui... pair de France, moi, et toi pairesse, poupoule, pairesse, pourquoi pas ?

Se rengorgeant fièrement, M. Prunier se pencha une dernière fois à la fenêtre de la chambre bleue et cria de sa voix enrouée par l'émotion :

— Vive le Roi !

Tandis que la poussière soulevée par la berline royale dansait encore sur la route dans les rayons dorés du soleil...

III

MONSIEUR PRUNIER SAIT SE SOUVENIR

— Elodie, ma femme ! Viens dans mes bras !

— Qu'y a-t-il donc, mon ami ?

Mme Prunier devint très pâle sous l'empire de la grande émotion qui l'étreignait.

— Ils t'ont...? balbutia-t-elle.

— Oui !... fit M. Prunier d'une voix sifflante.

Mais, se ressaisissant soudain, ainsi qu'il convient aux âmes nobles comme la sienne, sachant recevoir, en face et sans broncher, les pires coups de la destinée, il releva la tête, cambra les reins et croisa les bras dans une attitude à la fois énergique et fière.

— Oui ! je suis révoqué de mes fonctions de maire, après les avoir exercées dignement depuis dix ans. Révoqué par ordre de ce misérable Buonaparte, par cet intrigant, ce neveu du Corse. Le décret m'a été notifié ce matin même par la préfecture et sera inséré demain à l'*Officiel*.

M. Prunier tira de la large poche de sa robe de chambre une enveloppe cachetée de rouge.

— Le voici, le papier fatal !

Il l'avait pris entre deux doigts, d'un geste dédaigneux.

— Révoqué, moi, Prunier, et parce que j'ai eu le courage de rester fidèle à des souvenirs, à de glorieux souvenirs.

Doucement, sa femme lui dit :

— C'était un peu à prévoir, mon ami, surtout depuis que tu avais fait apposer la plaque de marbre sur ta maison comme un défi au gouvernement impérial.

M. Prunier eut un sourire sarcastique.

— Oui ! une plaque de marbre où j'avais fait inscrire en lettres rouges :

Dans cette maison, le 28 juin 1847,
descendit Sa Majesté Louis-Philippe Ier
Roi bien-aimé des Français
et des Navarrois.

N'était-ce pas mon droit ! Qu'y avait-il là d'insultant ? Je relatais simplement un fait, un fait connu de l'histoire de France.

— Mais nous sommes sous l'Empire, mon ami, et Louis-Philippe est tombé depuis 4 ans, après combien de graves événements et de révolutions. Napoléon III gouverne, et tu devais t'attendre à ce que les manifestations royalistes d'un maire ne fussent pas tout à fait de son goût...

— Puis-je renier ce qui fait l'honneur de ma vie?...
Puis-je oublier cette grande journée où je reçus chez
moi, à ma table, dans mon propre lit, mon souverain !...

— Hélas ! murmura Mme Prunier, pour ce que cela
nous a rapporté !... Tu t'étais monté la tête... Tu te
croyais déjà préfet, pair de France !

— J'avais la promesse royale...

— Mais la politique en a décidé autrement.

— Oui ! Je n'ai point reçu la légitime récompense
du dévouement que j'avais témoigné à Sa Majesté de
si haute façon. Mais il n'y a pas eu là de sa faute. La
tempête révolutionnaire a grondé, à l'heure où les
Tuileries allaient ouvrir leurs portes devant nous. Te
souviens-tu, Elodie ? Déjà, en grand mystère, tu avais
orgueilleusement fait préparer ta robe de gala, ta
robe de cour, et moi j'avais commandé un habit neuf.

— Ils nous sont restés pour compte, comme nos
illusions... C'est dommage, ajouta Mme Prunier avec
une pointe de mélancolie.

— Oui, bien dommage, répéta avec importance
son mari. J'aurais fait mon petit effet à la cour...
Mais, Elodie, souviens-toi que les destinées des trônes
sont changeantes et qu'on ne sait ce que l'avenir nous
réserve.

Je reporte dans mon cœur ma fidélité à l'héritier
de l'homme que j'ai tant aimé, que nous avons tant
aimé, n'est-ce pas Elodie, et dont nous avons porté
le deuil tous les deux, crânement, en pleine République.

— Te souviens-tu, Poupoule, de l'émoi dans Bois-pignon, lorsqu'au lendemain de la fatale nouvelle de la mort de Sa Majesté, nouvelle venue d'Angleterre, nous avons officiellement fermé les volets de notre maison et pris des vêtements de crêpe, comme il convenait. Nous avons fait mettre à la mère Michu, alors à notre service, un bonnet noir.

Michu protesta, oublieux, l'ingrat, de l'insigne honneur qui lui avait été fait, à lui aussi, et de la pièce d'or qu'il avait reçue du Roi. Nous congédiâmes cette femme, indigne de servir chez nous.

— Oui, je me souviens, fit Mme Prunier. Pendant un mois, je fis dire à mes relations que je ne recevais plus, pour cause de deuil, et j'eus à subir les moqueries de Mme Heurtebise, bien ingrate elle aussi, et qui n'avait pas eu assez de révérences pour le roi, lors de son passage.

Mme Prunier s'animait à ces souvenirs; elle était toujours jolie, avec ses grands yeux, ses cheveux blonds, son air de frêle porcelaine, mais les quelques années écoulées depuis le grand événement l'avaient un peu engraissée. Le menton, qui s'était rempli, la poitrine qui avait pris d'aimables contours, quelque chose de las dans sa démarche, avaient transformé la gracieuse et mignonne poupée qu'elle était jadis.

M. Prunier avait grisonné un tantinet. Son embonpoint, très accentué, n'avait fait que s'accroître. Lui, qui se rasait complètement les joues autrefois, laissait pousser maintenant de chaque côté du visage un commencement de favoris, à la « Louis-Philippe. »

En tout et pour tout, il voulait que l'impérissable
souvenir de cette visite, qui serait l'honneur de sa
vie, se trouvât réflété dans ses moindres actes.

Sa vie entière, il aurait présentes à l'esprit ces heures solennelles où il avait donné au souverain l'hospitalité. Aussi en avait-il pieusement recueilli tout
ce qui pouvait en constituer les précieuses reliques.

Avec d'infinies précautions, sitôt le roi parti, il
avait recherché, en compagnie de Mme Prunier, les
moindres objets qui avaient pu servir au roi.

— Elodie, nous les réunirons, et nous en ferons un
musée, un musée glorieux.

Mme Prunier avait assisté son mari dans ses recher-
ches.

Elle aussi avait été troublée par la venue de son
roi. Elle avait eu l'espoir d'être reçue à la Cour, et
elle avait gardé dans son cœur une infinie reconnais-
sance à Sa Majesté.

Les choses sont ici-bas, plus que les personnes,
les témoins des actes de notre vie, et il semble que,
lorsqu'elles y ont été liées, elles les évoquent mieux.

Aussi M. Prunier, pieusement, recueillit-il un certain nombre d'objets de divers genres qui pouvaient,
de façon tangible, lui rappeler la visite du Roi.

Ce fut par exemple, ce cigare à demi-fumé, et recueilli près de la fenêtre pendant la veillée historique. Ce fut aussi ce pistolet à jamais fameux, qui
n'avait pas servi, mais aurait pu servir et avait été en
tout cas, pendant une nuit, la sauvegarde du souverain.

Bien entendu, les draps dans lesquels Sa Majesté avaient reposé furent conservés intacts. On y trouva, par bonheur, un bouton de chemise, de la chemise royale. Sur la table de nuit, trois allumettes à demi-consumées furent aussi gardées, et Mme Prunier jugea convenable de mettre dans le musée, en place d'honneur, l'oreiller sur lequel le roi des Français avait posé sa noble tête.

A la place où Sa Majesté, le soir, avait mangé, on recueillit encore de précieuses reliques : un fragment de pain, un verre où quelques gouttes de vin restaient encore, un os de poulet sucé par le roi, et un cure-dents, le cure-dents qui avait eu l'honneur d'explorer les molaires royales.

Le couteau, la cuiller, la fourchette furent, Dieu merci, arrachés à temps des mains profanes de la mère Michu, qui voulait les laver

— Mère Michu, avait dit M. Prunier, il est des poussières qu'il faut respecter. Certains souvenirs sont les larmes des choses.

Et, de tous ces menus objets authentiques, que le maire de Boispignon appelait « des reliques », avait été constitué, dans la chambre bleue débaptisée désormais, et appelée « Chambre royale », un musée véritablement historique.

M. Prunier avait fort bien disposé chaque chose dans une vaste vitrine. L'oreiller au centre, conservant pieusement jusqu'au creux marqué par la tête royale, le couvert dans une boîte en velours grenat, le cigare sous un petit globe de verre.

La Faction.
f. Ch.

La vitrine occupait, majestueuse, à côté du lit glorieux lui aussi désormais, toute la table de la chambre, le sanctuaire, comme disait M. Prunier qui souvent, grave et solennel, montant l'escalier, allait méditer devant les reliques. Point de fleurs profanes...
mais seulement, à la saison, de grands lys blancs
dans des vases.

Au début, tout Boispignon s'était extasié devant la
vitrine de M. le maire. Les intimes étaient admis à
l'honneur de l'admirer de près. La visite du Roi avait
d'ailleurs laissé un souvenir vibrant dans l'esprit des
habitants, et à sa première séance, le conseil municipal, après avoir voté une adresse de remercîments à
Sa Majesté, avait à l'unanimité, décidé de baptiser
« Boulevard Louis-Philippe » l'unique voie qui traversait le village.

Mais bientôt, quelques têtes chaudes, dont le marchand de grains Heurtebise, perverti par la fréquentation de mauvais cercles lors de ses voyages à Paris,
firent dans Boispignon une néfaste propagande.

Les esprits forts blaguèrent le bonhomme Prunier
pour son musée. Ce roi, qu'il vénérait tant, pouvait
bien n'avoir plus que peu de temps à rester sur le
trône. Michu, chaque matin, conquis un des premiers à l'opposition, colportait les fâcheuses nouvelles de la capitale qu'il tenait du facteur, révolutionnaire comme lui. Et quand les journées de Juillet
arrivèrent, quand on apprit que Paris faisait des
barricades, et que la République était proclamée,
les habitants de Boispignon illuminèrent, oublieux.

M. Prunier fut très digne. En séance du Conseil municipal, il protesta. Mais on le laissa maire de la Commune, en raison de « son passé », et aussi parce que tout le monde avait besoin de lui.

L'excellent homme avait d'ailleurs, pour l'instant, d'autres soucis que la décevante politique.

Le Ciel, couronnant ses vœux, venait de lui donner une héritière, tout le portrait déjà, assurait-il, de Mme Prunier.

Les deux époux ne se tenaient pas de joie.

— Elodie, dit M. Prunier, c'est la récompense du Ciel, puisque nous n'avons pu être récompensés par le Roi.

— Comment l'appellerons-nous, bon ami ?

— Philippine !... En souvenir de Sa Majesté.

Et depuis quatre ans, la petite Philippine, un ravissant bébé, grandissait pour l'orgueil de ses parents. Sa chère présence les avait un peu consolés du chagrin que leur causait la politique.

M. Prunier, en effet, avait vu avec amertume la proclamation et l'élection du Prince président. La mort du « Roy » en exil avait porté le coup final, et maintenant que l'Empire, l'Empire odieux venait d'être proclamé, le maire de Boispignon, indigné, ne décolérait pas.

— Tu vas trop loin, bon ami, disait parfois Mme Prunier. Un de ces jours, il t'arrivera quelque désagréable aventure.

Mais M. Prunier, au contraire, s'absorbant dans ses pensées, prenait le coche pour Paris et revenait

les poches chargées d'objets qu'il avait achetés çà et
là, en souvenir du Roi. Les boutiques en étaient
pleines alors. Le Musée s'était doublé, triplé. La
chambre bleue n'y suffisait pas et était devenue in-
habitable.

M. Prunier, en manière de protestation, songea à
faire transporter une partie des reliques à la Mairie.
Le Conseil municipal refusa net. Michu qui, n'étant
plus garde-champêtre, en faisait partie et conduisait
les Bonapartistes, traita M. Prunier de « Vendéen ».
M. Prunier faillit en avoir une congestion, et, se levant d'un bond qui répandit l'encrier sur le tapis
vert, riposta en traitant Michu de « vendu ».

Dès lors, il y eut des drames à la mairie de Boispignon. Michu et son collège Heurtebise cherchaient
toutes les occasions de se moquer des opinions orléa-
nistes intransigeantes de M. Prunier.

Ayant retrouvé dans le grenier le buste du défunt
roi, il allèrent nuitamment le noyer dans l'abreuvoir
aux chevaux. Tout le village, le lendemain, défila
pour voir le monarque au fond du bassin.

M. Prunier pâlit sous l'insulte et, froidement re-
pêcha le buste. Puis, se précipitant à Paris, il commanda une plaque de marbre haute de trois pieds
où, en lettres romaines, il fit graver la fameuse inscription qui rappelait le passage du Roi.

Huit jours après, il était révoqué par le nouveau
gouvernement.

Très digne, M. Prunier dit à sa femme :

— Elodie, il faut quitter ce pays... et retourner dans la capitale.

— Quoi faire ?

— Je ne sais pas... Une révolution peut-être !

— Tu m'effrayes... Et notre enfant ?

— Philippine grandira mieux là-bas... qu'ici, loin de la haine de ces infâmes bonapartistes.

— Et ton musée ?

— Nous l'emporterons, nous l'agrandirons, nous trouverons sur place d'autres reliques qui feront pâlir de dépit l'Usurpateur.

IV

PHILIPPINE

Un jour d'été, quatorze années après les dramatiques événements qui changèrent les destinées municipales du petit village de Boispignon, M. Prunier, un peu plus grisonnant, doué d'un peu plus d'embonpoint, mais toujours solennel, suivant ses habitudes, dans les moindres actes de sa vie, courait, tout essoufflé ; derrière l'omnibus « *Luxembourg-Faubourg Saint-Antoine* » déjà surchargé de voyageurs.

— Arrêtez ! Arrêtez ! gémissait-il en agitant désespérément ses bras embarrassés par un volumineux paquet.

Par bonheur, un monsieur qui descendait laissa libre une place, et M. Prunier put enfin, quoiqu'à grand'peine, se hisser dans intérieur du véhicule.

Son apparition fut saluée par des murmures significatifs de mécontentement. Les vastes proportions du nouveau venu, et surtout son volumineux chargement étaient difficiles à loger. Jamais il n'arriverait à caser tout cela.

M. Prunier s'excusa, salua, et, tant bien que mal, réussit à installer une partie de sa personne.

Mais l'immense paquet heurta violemment le coude de la voisine de droite, une marchande des halles, qui s'exclama.

Des gens, en face sourirent, amusés.

— Quand on se ballade avec la colonne Vendôme, on prend des voitures à bras, ou l'on va à pied ! bougonnait la commère.

M. Prunier, très rouge, lui lança un regard méprisant.

— La colonne Vendôme ! pensa-t-il ! Cet emblème grotesque de la soi-disante gloire de l'ex-empereur ! Pouah... A quoi pense cette harengère ! Et il eut une moue de dégoût.

A ce moment, un cahot de l'omnibus projeta de nouveau, à l'hilarité générale, le paquet encombrant contre la femme qui, d'un geste brusque du coude pour parer le choc, creva involontairement l'enveloppe en papier de l'objet mystérieux.

Les éclats de rire redoublèrent lorsqu'apparut une surface cuivrée et luisante.

— Mais c'est une bassinoire ! fit un gamin assis devant M. Prunier...

— Oui, jeune homme ! répondit celui-ci !...

— Les quolibets allèrent leur train.

— Je vous l'achète, votre casserole, continua le gamin gouailleur.

— Ma... ma...

— Bien oui ! trois francs comptant.

— Trois francs cinq sous, fit la dame de la halle, moqueuse...

M. Prunier écumait.

— Mais... Mais... malheureux ! Vous ne savez pas ce que vaut cet objet... et que je l'ai payé... tout à l'heure... cinquante-trois pistoles...

Alors, l'hilarité devint générale. Tout le monde se tenait les côtes. Les exclamations se croisaient.

— Elle doit être en or !...

— Vous aurez les pieds chauds ce soir !

— C'est pour sa mère !...

— Ou sa sœur !...

M. Prunier voulait parler, protester, mais l'émotion l'étreignait à la gorge...

Ces croquants qui insultaient une relique ! Car c'était bien une relique, et qu'il venait de se procurer à prix d'or !

Ah ! s'ils pouvaient deviner qu'elle avait bassiné l'auguste lit de Louis-Philippe !

Mais quoi ! Auraient-ils le respect du grand souvenir qu'elle évoquait ! Ne seraient-ils pas oublieux et impudents ?

M. Prunier se contint : il jeta sur ses compagnons de route le plus dédaigneux des regards. Malgré la

noblesse de cette attitude, les rieurs ne furent pas dé-
sarmés !...

Pauvres gens ! s'ils savaient !

Ils ne surent pas ; M. Prunier garda son secret,
et, arrivé à la rue Guénégaud, descendit, silencieux,
froid, ironique à son tour, tenant son paquet sous
son bras gauche... contre son cœur.

*
**

Un frais baiser le dédommagea de sa peine.

— Comme tu es en retard, papa ! fit une voix
claire.

Légère et mignonne, vivant portrait de sa mère,
Philippine Prunier était bien la plus délicieuse enfant que l'on pût voir.

Elle avait une grâce simple et sans-façon qui char-
mait tout de suite, des yeux rieurs, une petite bouche minuscule, et, autour de son front pur, toute une
auréole de cheveux fous.

C'était l'adoration de son père.

Mme Prunier n'en était point jalouse, sachant bien
que l'une des meilleures joies que l'excellent homme
rencontrait en sa fille, était de retrouver en elle les
traits et la grâce de la mère.

— Tu revis en elle ! Elodie, répétait-il souvent. Mille
détails de notre cher bijou me rappellent ta beauté
d'antan, et j'en suis tout ragaillardi.

Mme Prunier, cependant, était fort appétissante
encore. Les dix-sept ans, qui avaient fait de la pe-

tite Philippine une ravissante personne au visage mutin, bonne à marier, avaient passé sur la mère sans laisser trop de traces. Peut-être la taille s'était-elle un peu alourdie, les yeux un peu creusés, mais l'expression du visage était restée la même, infiniment aimable et douce, bien que l'excellente femme ait eu pas mal de soucis, au cours de ces années de vie nouvelle dans la grande ville.

C'était, en effet, un changement complet à leurs habitudes, et à l'âge de M. Prunier, on ne s'y accoutume pas facilement. Il n'avait pour ainsi dire jamais quitté Boispignon où tout lui était familier. Maire depuis très longtemps, il était comme le maître du pays. Et, au lieu de cette bonne petite existence casanière, sans secousse, il fallait maintenant se faire au tapage assourdissant de la capitale.

M. Prunier avait cherché un logement dans une rue paisible, et il avait trouvé un deuxième étage rue Guénégaud, quartier morne, derrière l'Institut. La maison était ancienne, les pièces commodes. Son musée y serait à l'aise.

Ah ! ce musée ! Avec quelles précautions M. Prunier et sa femme en avaient emballé les pièces dans d'énormes caisses, pour l'apporter à Paris.

Religieusement, ils avaient réédifié la collection, remis à neuf les boiseries, et installé la vitrine dans le salon, comme à Boispignon. Tout était-là : l'oreiller, avec la trace de la tête royale, entretenue à coups de poing quotidiennement, le cigare, le cure-dents, etc...

Et la jeune Philippine avait grandi, fleur délicate, dans cet austère milieu. Mme Prunier, peu faite aux émotions et aux distractions bruyantes de Paris, n'aimait pas sortir et se consacrait à l'éducation de son enfant.

M. Prunier avait pensé à prendre une occupation : son tempérament sanguin, exubérant, en avait besoin ; c'était presque une question d'hygiène. A Boispignon les soucis de la mairie, les relations de bon voisinage, et ensuite les discussions de la politique remplissaient sa vie. Mais, que faire à Paris ? Sa dignité l'empêchait de solliciter quoi que ce fût du gouvernement impérial qu'il combattrait, disait-il, tant qu'il lui resterait un souffle de vie.

N'ayant cultivé à fond aucune de ses capacités naturelles, il lui était difficile de songer à se lancer dans le commerce, la littérature ou l'enseignement. Mais, tout bien réfléchi, comme il possédait encore environ seize bonnes mille livres de rente, M. Prunier s'était dit que cela suffisait pour vivre modestement.

Et puis, pensait-il, on ne savait pas ce que l'avenir réservait. L'Empire se ruinait dans des expéditions lointaines, coûteuses et décevantes, et le monde avait les yeux fixés sur l'héritier du nom glorieux du souverain paisible, libéral, ennemi de la guerre, qu'on commençait à regretter.

Et les années avaient passé, sans incident dans la vie calme et monotone de M. Prunier. Le souvenir de Boispignon s'estompait peu à peu dans son esprit. Seule, la nuit inoubliable restait présente à sa mémoire. De son récit, il avait bercé l'enfance de Philippine.

En grandissant, elle avait été la confidente des souvenirs enthousiastes et aussi des rêves de son père. Quand elle s'était trouvée en âge de comprendre, c'était à elle qu'il avait particulièrement donné le soin d'entretenir le Musée historique.

Et ce n'était pas une mince besogne, car, depuis les dix-sept années que la voiture de Louis-Philippe avait versé dans le chemin creux à l'entrée de Bois-pignon, M. Prunier n'avait pas cessé de chercher à enrichir sa chère vitrine.

Son esprit inquiet et actif trouvait là une occupation constante. Le désœuvrement l'avait fait collectionneur, et collectionneur passionné. Chaque matin, il se mettait en route, flânant par les rues devant les boutiques, s'arrêtant aux étalages de brocanteurs, espérant toujours découvrir quelque objet lui rappelant le Roi.

Au cours de ses expéditions, il avait fait de nombreuses trouvailles de toutes sortes, d'abord payées quelques sous. Mais les marchands le reconnaissaient et, sachant sa manie, majoraient effrontément leurs prix.

D'abord, M. Prunier avait hésité. A l'un de ses premiers achats, d'un prix plutôt excessif pour la bourse modeste du ménage, Mme Prunier avait hasardé quelques reproches.

— Comment, Elodie ! Un souvenir réel de sa Majesté !... une tabatière qui lui a servi avant son départ pour l'exil !...

— En es-tu bien sûr ?

— J'ai en poche une attestation en bonne et due forme.

— Et tu l'as payée ?

— Cent cinquante francs.

M. Prunier n'avouait que la moitié du chiffre.

Et il en fut ainsi souvent.

Le budget de la maison se trouva considérablement grévé par des achats répétés.

Mme Prunier grondait chaque fois, mais son mari se montrait si éloquent, évoquait de si chers souvenirs qu'elle s'avouait conquise, elle aussi, et, de confiance, admirait l'achat.

Philippine était plus sceptique. Louis-Philippe, en réalité, lui importait peu et si elle prenait un soin diligent du musée, c'était uniquement pour faire plaisir à son père.

Elle avait d'ailleurs tout admirablement organisé, mis en place et étiqueté. Chaque objet portait une inscription d'origine sur une pancarte dorée et tous les matins, la jeune fille, avec un léger plumeau, passait une grande heure à faire, en personne, le ménage royal.

Souvent, à cette heure-là, M. Prunier venait au salon, méditatif et silencieux, s'abandonnant, déclarait-il, à ses souvenirs.

— Tes chimères ! bon ami, disait Mme Prunier, d'un ton d'affectueux reproche.

Mais elle évitait de troubler la méditation de son cher mari, de cet homme qui certainement serait devenu quelqu'un, quelqu'un de très haut placé, peut-être Pair de France, si les tempêtes de la politique n'avaient brisé les légitimes espérances auxquelles lui donnait droit l'amitié du Roi.

Philippine, insouciante, ne comprenant point toutes ces graves choses, époussetait les reliques en chantant, s'arrêtant parfois pour venir embrasser son père.

Elle savait le moment où il était enclin à l'indulgence et à l'expansion. Devant ces reliques, le cœur du bonhomme Prunier se gonflait de joie.

Parfois, il admettait un ami à l'honneur de venir les voir, et orgueilleusement les passait en revue :

— Ça, lui glissait-il dans l'oreille, ce sont des pantoufles que Sa Majesté porta plus de six mois, le matin, aux Tuileries, dans son cabinet de travail. Je les ai payées deux cents francs à un marchand du Marais qui les tenait directement d'un valet de chambre de Sa Majesté. Ça, c'est une paire de bretelles portée par le Roi de 1834 à 1835. Voyez l'usure. Cent huit francs à une vente aux enchères. Et ceci, voyez donc ! le blaireau qui lui fit la barbe la veille de son départ pour l'exil : la mousse du savon a été respectée et s'est desséchée. Quatre-vingt trois francs, et parce que c'était moi... Voyez aussi ce bouton de culotte, ce crayon, ce foulard de soie... autant de reliques... Il y a mieux encore.

Et majestueusement, M. Prunier ouvrait un écrin

de satin bleu, marqué d'une couronne royale. Il
fallait se pencher pour voir un petit objet racorni,
grisâtre, qui reposait dans la peluche.

— Un ongle du Roi !

Mme Prunier, quelquefois, disait :

— Tu nous mettras sur la paille, bon ami, avec ton
musée ruineux !

Mais M. Prunier répondait d'un geste noble, plein
de superbe indifférence pour ces viles questions d'argent. Son musée, c'était l'orgueil de sa vie, le but de
toutes ses pensées.

Souvent, il arrive ainsi que les âmes simples et paisibles, qui mènent une vie casanière, se passionnent
tout à coup. Et alors, par un phénomène singulier, leur passion prend des proportions d'autant plus
extraordinaires qu'elle est plus imprévue. Tout
converge désormais vers l'idée fixe, qui devient une
monomanie.

La monomanie de M. Prunier se trouvait d'autant
plus forte qu'elle était faite de vanité flattée, d'ambition déçue, de gloire naïve. Il demeurait *l'homme
qui a connu Louis-Philippe*, et il en était fier ! C'était
son plus beau titre de gloire. Aussi n'avait-il plus
qu'une pensée : enrichir encore sa collection, une
collection vraiment unique.

— Allons, papa ! s'écria Philippine, ce jour-là, que
nous rapportes-tu encore !

Un peu embarrassé par son encombrante bassinoire,
M. Prunier s'essuyait le front.

— Ah ! ma fille ! si tu savais ! Et toi, Elodie !...

— Quoi donc, bon ami ?...

— Dans l'omnibus... des croquants qui l'ont in-sultée !

— Qui ?

— Elle !... Cette relique après laquelle je courais depuis trois semaines de magasin en magasin. J'ai fait tout le faubourg Saint-Antoine... Figurez-vous... une pièce inestimable pour notre musée. Voyez ! Elle porte les armes royales.

— Elle est un peu cabossée, papa ! dit Philippine.

— Et elle t'a coûté ? demanda Mme Prunier.

M. Prunier oublia de répondre, gêné par cette question. Est-ce qu'on peut marchander quand il s'agit d'un pareil souvenir !

— Sapristi, fit-il tout à coup !... J'ai oublié, dans mon émoi, d'aller à la poste, et le courrier ne m'at-tendra pas.

Je te laisse, mon enfant, avec ta mère, et vous confie la bassinoire ! Faites-lui une place dans le musée... et n'oubliez pas son étiquette. Elle a bassiné le lit du Souverain.

— Sois tranquille, papa ! dit la jeune fille.

Et respectueusement, elle emporta vers le salon le précieux objet.

*
* *

Mais lorsqu'elle fut entrée, et qu'elle eut relevé la jalousie pour donner un peu de jour, Philippine ne put réprimer un cri de joie.

— Vous, fit-elle !

Oubliant sa mission, elle courut à la fenêtre. La maison où elle habitait faisait angle avec une autre maison, de la rue Mazarine, si bien que les derniers appartements en coin se trouvaient en vis-à-vis, séparés seulement par une petite cour.

C'était justement à la fenêtre de la maison d'en face que se tenait la personne qui avait motivé de la part de la jeune fille cette exclamation.

Cette personne, dissimulée aussi derrière une jalousie, était un aimable garçon de vingt-quatre ans environ, aux cheveux très bruns, mis simplement, avec le genre d'un artiste.

— Vous êtes seule ? demanda-t-il

— Oui, répondit Philippine, mais pour un instant seulement. Mon père est à la poste, et ma mère vient de sortir.

Celui qui parlait ainsi familièrement à Mlle Philippine Prunier s'appelait Linot et était professeur de dessin. Il le disait, du moins, car il aurait bien pu se faire que l'enseignement de cet art aimable ne fût en réalité qu'un prétexte pour s'introduire auprès de Philippine.

M. Linot, en effet, en était éperdument amoureux. Depuis longtemps — se trouvant par un bon hasard, son voisin, et son très proche voisin, — il la voyait, chaque matin, aller et venir dans la pièce, un petit plumeau à la main, paraissant avoir grand soin de menus objets contenus dans une immense vitrine. Peu à peu, les deux jeunes gens s'étaient senti l'un pour l'autre une sympathie respective, et, un matin, M. Linot avait dit à sa voisine qu'il irait, le jour même, se jeter dans les profondeurs de la Seine s'il n'était pas admis à l'honneur de faire avec elle plus ample connaissance.

Philippine répondit en rougissant, ce qui est pour une jeune fille bien élevée la meilleure et la plus élastique des réponses.

Linot y lut un aquiescement, et quelques jours après, solennel, hautement cravaté, il était admis à l'honneur de donner des leçons de peinture à Mlle Prunier.

Et c'était ainsi que, non contents des heures de leçons fréquentes, sous les yeux maternels de Mme Prunier, les deux jeunes gens, chaque matin, correspondaient en grand mystère de croisée à croisée.

— Hier, expliqua Philippine, pendant la leçon, vous m'avez fait des signes, et j'ai compris que vous aviez quelque chose à me dire...

— En effet, et ce que j'ai à vous dire...

— Vite, vite ! je suis impatiente.

— C'est que je vous aime.

— Je le sais, murmura la jeune fille, en rougissant.

— M'aimez-vous aussi un peu ? demanda Linot...

— Vous parlerais-je ainsi en cachette, si je ne vous aimais pas... Savez-vous que parfois je suis confuse. C'est très mal ce que je fais là...

— Mais non, ma chère petite Philippine, puisque c'est pour le bon motif et que j'ai parlé à mon père de mes projets.

— Eh bien ! fit la jeune fille.

BASSINOIRE DU ROI
Philippine

— Il n'y est pas contraire et désire être présenté à vos parents. Croyez-vous que ses ouvertures seront favorablement accueillies ?

— Par ma mère, certainement. Elle est si bonne et m'aime tant. Elle sait d'ailleurs que vous êtes un charmant garçon doublé d'un peintre d'avenir. Aussi nous est-elle tout acquise.

— Votre mère est aussi bonne que belle, mais il faut compter avec M. Prunier.

— Ah ! mon père, c'est autre chose... je ne lui ai rien dit encore, car je le redoute un peu, vous savez.

— Pourquoi donc ? N'est-il pas un excellent homme, et qui vous adore ?

— Certainement, mais il a une manie terrible qui l'occupe tout entier et étouffe parfois en lui tout autres sentiments : c'est sa fidélité immodérée à la mémoire du roi Louis-Philippe, son Dieu...

— En 1866, sous Napoléon III !... Mais ce fanatisme irréfléchi peut avoir des dangers.

— Certes ! quand il n'aurait que celui de nous ruiner ! Figurez-vous que depuis peu, mon père accueille en ami, presque en frère, un certain baron du Pressoir, un homme singulier, dont le père dut son titre au défunt roi. Papa n'étant, en somme, qu'un simple bourgeois se trouve flatté dans sa vanité par cette fréquentation illustre. Il se laissera gruger par ce parasite, qui semble par dessus le marché convoiter ma dot...

— Vous croyez ! fit Linot d'une voix inquiète.

Ce n'est encore qu'une présomption... vague.

— Mais... si elle se précisait...

La tête blonde de Philippine se pencha un peu plus, souriante :

— Vous me connaissez assez pour savoir que je me défendrais... Jamais je ne consentirai à épouser un autre homme que celui qui m'aime et que j'aime.

— Oh ! merci !..

— Et puis, mère est avec moi. J'ai confiance.

— Chère petite Philippine...

— Chut !.. Chut !.. J'entends mon père qui revient de la poste...

— A tout à l'heure... pour la leçon !...

— A tout à l'heure !...

Doucement, les croisées se refermèrent.

*
* *

Mlle Prunier paraissait rêveuse.

En sa jeune âme encore ignorante, quelque chose d'infiniment doux chantait qui donnait à sa fraîche beauté un tel rayonnement que, lorsque M. Prunier entra, il ne put réprimer cette exclamation admirative :

— Mon Dieu ! que tu es jolie !...

Elle rit d'un rire argentin...

— Taisez-vous, Monsieur mon père ! On ne dit pas ça aux petites filles.

— Bah ! tant pis ! je te l'ai dit...

Et il l'embrassa longuement.

Puis tout à coup, s'apercevant que la bassinoire

du Roi n'était encore ni étiquetée, ni rangée, il voulut gronder.

Philippine lui mit sa petite main sur la bouche...

— Qu'as-tu donc fait, mon enfant ?...

Et elle, avec un sourire charmant et un geste mutin qui rendait, impossible toute gronderie, répondit simplement :

— J'ai rêvé !...

V

LE CLUB DE LA FLEUR DE LYS.

Le baron Honoré-Sigismond-Hercule du Pressoir tenait en effet depuis quelque temps, dans la vie de M. Prunier, une place considérable.

Ils s'étaient rencontrés un jour chez Corbette, le marchand d'antiquités de la rue de Bussy, où M. Prunier faisait quelques emplettes, et où le baron flânait.

Honoré du Pressoir avait une physionomie plutôt pittoresque. Il était d'abord remarquablement, étrangement petit, les jambes courtes, le col épais, les bras dodus, ressemblant assez, quand il marchait, à une boule qui roule. Deux petits yeux perçants clignotaient au milieu de l'épaisse masse gélatineuse qui lui servait de face. L'œil droit était quelque peu fatigué pourtant : certains même le disaient incapable d'aucun service et, soit cette raison particulière, soit pour se donner un genre, le petit baron portait généralement, enchâssé sous son arcade sourcilière, un monocle qui faisait faire à son visage une amusante contraction.

Point de barbe : quelques poils follets seulement au-dessus de la lèvre. Des mains surchargées de bagues. Des vêtements aux couleurs criardes. Enfin, une petite voix fluette, d'un timbre généralement enroué.

Voyant que M. Prunier s'intéressait d'une façon toute particulière aux souvenirs de la Monarchie, le baron était venu à lui, et, avec force politesses s'était permis de lui demander si c'était seulement en amateur de curiosités historiques qu'il était là, ou en fidèle sujet d'un roi déchu.

M. Prunier avait regardé, non sans surprise, le petit bout d'homme grimaçant qui lui chuchotait en grand mystère une pareille question, et, accompagnant sa réponse d'un de ces gestes empreints de solennité dont il était coutumier, l'ancien maire de Boispignon avait répondu :

— Je suis ici, Monsieur, comme collectionneur et comme fidèle...

Le marchand ouvrait des yeux ébahis.

— Parlons plus bas, Monsieur... Nous ne sommes pas seuls.

— Que voulez-vous dire ?

— Nous serions mieux pour causer dans quelque café. Permettez-moi de me présenter à vous : baron Honoré-Sigismond-Hercule du Pressoir... fils d'un chambellan et ami personnel de Louis-Philippe.

— Cela suffit ! baron ! cela suffit ! dit M. Prunier, rouge d'émotion. Le nom que vous évoquez là vous assure à lui seul mon estime et le grand plaisir que j'aurai à lier plus ample connaissance avec vous.

Et comme, en quittant la boutique, ils se faisaient de mutuelles politesses pour ne pas passer le premier, M. Prunier, tout bas, glissa à l'oreille du baron :

— J'étais, moi aussi, un ami du Roi !

* * *

Attablés devant des bocks, ils échangèrent des souvenirs, en même temps que quelques récriminations amères sur le régime actuel, M. Prunier était particulièrement agressif.

— Plus bas ! fit le baron. Par le temps qui court, il ne fait pas toujours bon dire ce que l'on pense, et une autre fois si, comme je l'espère, j'ai l'honneur de vous revoir, nous irons ensemble rue du Petit-Moyne, à la Taverne de l'Ecu d'Argent, où se réunissent justement les principales personnalités du club.

— Quel club ! demanda discrètement M. Prunier.

— Comment ! vous ne savez pas... Mais, le club des...

Il hésita avant de prononcer le mot, s'assura que leurs voisins de table étaient plongés dans la discussion d'une manille mouvementée, que le patron du café, sur le pas de la porte, regardait passer les voitures et que la caissière, derrière ses piles de morceaux de sucre, était plongée dans un journal de caricatures.

— Le Club des Royalistes, reprit la voix sifflante du baron.

Cette confidence bouleversa M. Prunier : il était trop intelligent pour ne pas comprendre à demi-mot...

C'était une révélation de la destinée qui lui dictait son devoir.

La voilà bien, la route à suivre ! pensait-il, le but à donner à ma vie ! Faire partie, moi aussi, de ce groupe de fidèles à la cause...

Quoi ! bonhomme Prunier ! Pendant que tu t'endors dans les délices de ta vie tranquille, il y a, rue du Petit-Moyne, à la *Taverne de l'Ecu d'Argent*, des royalistes comme toi qui s'agitent dans l'ombre et qui conspirent !...

M. Prunier se pencha vers le baron.

— Permettez-moi, fit-il...

Mais, sous la grande émotion qui l'étreignait, il ne put achever sa phrase et dut se contenter, silencieusement, de presser dans sa large main les doigts chargés de bagues de son nouvel ami.

Car, cet homme qui venait de se montrer à lui, tout à coup, comme un envoyé de Dieu, serait son ami, le confident de ses souvenirs...

— D'autres bocks, garçon ! commanda M. Prunier ou plutôt, non, du champagne... et du meilleur.

Le baron se confondit en protestations.

— Laissez ! Je suis trop heureux fit M. Prunier... Dites à vos amis du Club qu'ils peuvent compter sur moi... qu'un ami... intime de notre bien-aimé Souverain est des leurs. Vous me présenterez, baron... Je ne suis qu'un simple bourgeois, le fils de mes œuvres, je n'ai pas d'aïeux comme vous, mais l'estime dans laquelle, j'ose le dire, me tenait sa Majesté, constitue pour moi les plus hautes des lettres de noblesse.

Disposez de moi ! Je ne crains pas le tyran qui nous gouverne...

M. Prunier épongeait son noble front.

— Retirons-nous, fit le baron. Nos voisins ont interrompu leur manille pour nous écouter. Paris est si plein d'espions !

— C'est juste, baron ! Je vous suis... Le temps de régler ces consommations...

Mais, avant de se lever, énergiquement, ils choquèrent leurs coupes de champagne mousseux.

****

Le baron du Pressoir n'avait pas trompé M. Prunier. C'était bien dans la rue du Petit-Moyne, à la taverne de l'*Ecu d'Argent*, que s'agitaient dans l'ombre un groupe de fidèles à la cause du Roi.

Un soir, après-dîner, M. Prunier sortit mystérieusement pour se rendre, dit-il à sa femme et à sa fille étonnées, à un rendez-vous qui pouvait influer sur ses destinées.

Elles ne le questionnèrent pas, discrètes, comprenant qu'il s'agissait là de choses graves.

Mais quand le cher homme revint très tard, dans la soirée, il avait un air singulier,

Il ne s'expliqua pas, il ne révéla rien de l'emploi
de son temps : il se contenta seulement de sortir
de sa poche un minuscule objet en carton doré.

— Qu'est-ce là ? mon ami, demanda Mme Prunier.

— Une fleur de lys ! s'écria Philippine.

— L'insigne !

— Pas possible !

— Chut !... et apprenez que depuis ce soir je
fais partie d'un club, un club royaliste !

— Tu conspires ! fit Mme Prunier, anxieuse.

— Je n'ai pas dit cela... mais j'ai cru de mon
devoir de ne pas rester indifférent à la cause
sainte.

Philippine regardait son père avec admiration. Elle
ne savait pas au juste ce que c'était qu'un club, mais
dans son esprit se levaient des souvenirs historiques,
conspirations célèbres, révolutions, et elle voyait
son père à la tribune, pérorant au milieu d'une
foule délirante.

— Vous étiez beaucoup à ce club ? demanda
Mme Prunier.

Il hésita :

— Cer... Certainement ! fit-il... en nombre important.

***

La vérité était qu'en arrivant avec le baron, ce
soir-là, à la taverne de l'*Ecu d'argent*, petit café bor-
gne situé dans une ruelle louche du Marais, il avait
été un peu désappointé en apercevant seulement dans

la salle du fond, spécialement affectée aux réunions politiques, quatre personnes attablées à une partie de piquet.

Etait-ce la médiocre clarté que répandaient dans cette salle basse deux lampes fumeuses ? Etait-ce un éblouissement dans les facultés visuelles, parfois fatiguées, de M. Prunier ? Mais ces quatre messieurs parurent à celui-ci d'un aspect plutôt minable.

L'un était un gros bonhomme aux cheveux embroussaillés, la pipe aux lèvres, parlant fort et buvant sec. Un autre, très âgé, la figure parcheminée, les yeux chassieux, le crâne dénudé, ne disait rien et se contentait de hocher continuellement la tête, en un tic nerveux probablement.

Le troisième, très moustachu, la voix sonore, les ongles en deuil, ressemblait à quelque sous-officier de cavalerie.

Quant au dernier, coiffé d'une petite casquette à carreaux, comme en portent les gens d'écurie, la face rasée, il ressemblait à un Anglais ; il mâchonnait un reste de cigare.

Le baron fit les présentations.

— Un contre-temps fâcheux, dit-il, nous prive d'un grand nombre de nos amis. Beaucoup d'entre eux font partie de sociétés diverses qui se réunissent justement ce soir.

Mais je suis heureux de vous présenter à M. le comte Hector-Gontran-Philidor du Pressoir, mon père, ancien chambellan à la cour de Sa Majesté, et actuellement Président d'honneur de notre club, le club de la Fleur de Lys.

Le vieillard au crâne dénudé hocha la tête un peu plus fort et poussa un grognement inarticulé...

M. Prunier s'inclina devant celui qui avait été le chambellan de Louis-Philippe.

Le baron lui glissa tout bas :

— Mon vénéré père est très souffrant, et le grand âge, les chagrins ont un peu affaibli ses brillantes facultés.

Une seconde fois, M. Prunier s'inclina, plein de respect pour cette ruine glorieuse du passé.

Quant aux autres convives, l'homme aux cheveux embroussaillés s'appelait le chevalier de Sainte-Radegonde, savant des plus distingués ; l'homme moustachu était M. de la Flotte, capitaine démissionnaire et actuellement courtier en vins. Quant au gentlemen, aux allures d'étranger, c'était l'honorable Plumkett Esquire, un Anglais fidèle à la cause des princes, et leur émissaire auprès du club.

M. Prunier rayonnait. Si ces messieurs n'étaient pas nombreux, du moins leur haute personnalité rendait la réunion tout à fait intéressante.

Il essaya de tirer quelques mots de l'ancien chambellan, président du club, mais son aphonie malheureusement était complète, et il ne prenait part à la conversation que par ses hochements de tête répétés.

Le chevalier de Sainte-Radegonde fut plus communicatif. Il était, paraît-il, inventeur d'une machine

nouvelle à battre le beurre, qui devait étonner le
monde. Il en exposa par le menu tous les détails à
M. Prunier. Malheureusement, ces temps troublés
qu'on venait de traverser avaient quelque peu entamé
sa fortune, mais il était certain que le jour où la
royauté serait rétablie sur le trône de France, il ga-
gnerait avec son invention imposée par le gouvernement à tous les crémiers de France, une véritable fortune.

Le capitaine de la Flotte était, lui aussi, fort sym-
pathique. C'était une victime du Tyran. L'Empire
avait brisé sa carrière, et, la mort dans l'âme, il avait
dû accrocher son épée à la panoplie de son salon.
Mais vinssent des temps meilleurs, et il reprendrait
dans l'armée la place qu'il avait laissée.

Pour l'instant, comme il avait au point de vue vi-
nicole, un goût sûr, un de ses amis, bouilleurs de cru,
l'avait prié de s'entremettre entre lui et quelques personnes du grand monde, pour faciliter à ces dernières les moyens d'acquérir quelques fûts d'excellent bordeaux, bordeaux que M. Prunier apprécierait
sans doute, car le capitaine prenait sur lui de lui en
faire tenir quelques tonnes exceptionnelles, au prix
coûtant.

L'honorable Plumkeft Esquire, imbu sans doute de
ses hautes fonctions d'Emissaire princier, parlait peu.
Il paraissait, d'ailleurs, connaître assez mal le français, et M. Prunier ignorait l'anglais.

Mais conscient de ses devoirs de nouveau membre
d'un club aussi important que celui là, l'excellent

homme crut à propos de placer quelques paroles de bienvenue.

Il en profita pour retracer les heures glorieuses où les destinées de la France avaient été entre ses mains. D'une voix émue, il dit l'œuvre pieuse entreprise par lui, la collection unique au monde recueillie par ses soins. Et, s'enthousiasmant sur ce sujet qui lui tenait tant au cœur, il proféra à l'adresse de l'infâme Bonaparte quelques propos bien sentis.

Le chevalier de Sainte-Radegonde, en qualité de secrétaire du club, ouvrit un placard d'où il tira le superbe écrin en peluche grenat qui contenait l'insigne précieux de membre sociétaire de la Fleur de Lys, une minuscule fleur en carton doré, qui devait s'accrocher à la boutonnière.

M. Prunier était visiblement ému.

Cette manifestation, si courageuse de sa part, en ces temps troublés, était un pieux hommage rendu par lui à la mémoire du vénéré souverain.

Des larmes lui montaient aux yeux.

Il se rappelait la nuit du 28 juin 1847, et ces deux soirées mémorables s'associaient dans sa pensée reconnaissante.

C'est en tremblant qu'il reçut des mains de M. de Sainte-Radegonde l'emblème sacré... et de suite l'accrocha au revers de sa redingote, sur son cœur.

Le baron du Pressoir, à ce moment, vint lui parler bas à l'oreille. Il lui rappela l'usage bien naturel, pour les nouveaux affiliés, de verser à la caisse du club une obole. Il y avait tant de frais dans la difficile campagne entreprise !

— Mais comment donc ! fit M. Prunier, s'excusant de n'avoir pas songé plus tôt à ce « détail », et il sortit de son portefeuille un beau billet de banque tout neuf.

La soirée se prolongea fort tard.

Mystérieusement, les cinq affidés s'entretinrent à voix basse, avec importance, des moyens de renverser l'usurpateur et de rétablir sur le trône les d'Orléans. Chacun proposa un plan... M. Prunier écouta, puis, appelé à donner son avis, lui aussi, il dit d'une voix étouffée, mais pleine de résolution :

— Le moyen le plus simple serait de nous introduire tous les cinq aux Tuileries, sous des déguisements... de nous glisser dans la chambre de l'Empereur, à l'heure où il dort, de nous jeter sur lui, de le ligotter, de l'enlever sans bruit, et de télégraphier au prince de venir prendre sa place.

Ce plan hardi reçut l'approbation générale. On vota à l'héroïque nouveau venu un ordre du jour de confiance, et on le félicita de son audace. L'excellent homme triomphait, et il tint à honneur que, pour sa réception, le champagne coulât.

Le gérant de l'établissement, un grand diable d'homme au visage osseux, aux cheveux carotte, se confondait en politesses à l'égard de M. Prunier, et quand celui-ci, vers minuit, parla de solder les consommations, le maître de céans ne voulut rien entendre :

— Vous êtes ici chez vous, Monsieur, lui dit-il, et je vous ouvre un compte que vous paierez quand il vous plaira.

M. Prunier était confus. Quel honneur d'être admis dans cette société d'élite !

Et lui, qui n'allait jamais au café d'ordinaire, devint un hôte assidu de l'*Ecu d'argent*. Il y eut sa pipe dans un ratelier spécial et sa place toujours réservée. M. de la Flotte et M. de Sainte-Radegonde s'y trouvaient souvent avec quelques-uns de leurs amis. Le baron du Pressoir y venait aussi chercher M. Prunier et l'accompagner dans ses promenades de collectionneur. Avec un flair inouï, il le mit sur la trace de nouvelles et inappréciables reliques royales.

Ce petit homme connaissait à fond son Paris. Il arrivait même parfois que le baron trouvât, de son côté, de précieux souvenirs, des occasions exceptionnelles, qu'il se permettait d'acheter au nom de son ami.

M. Prunier était confus de tant de bonté. Cette vieille noblesse française comptait seule de ces hommes distingués et charmants.

Quel dommage que, physiquement, Honoré du Pressoir ne fût pas aussi avantagé qu'il l'était par l'esprit et par le cœur !

Mais qu'importait ! M. Prunier n'avait d'estime que pour les qualités du cœur, et le baron était doué des meilleures.

Un pareil ami ne pouvait manquer d'être reçu à bras ouverts sous le toit même de M. Prunier.

Il fut, d'ailleurs, d'une exquise amabilité, et eut
pour ces dames les plus délicates attentions. Des
pralines d'un fin confiseur furent adressées à Mme Prunier, et Philippine reçut, le lendemain de la première
visite du baron, une gerbe admirable de roses
blanches.

— Que penses-tu de lui? Elodie, demanda M. Prunier épanoui.

Mme Prunier ne savait trop que répondre :

— Il me semble... fort distingué.

— Et toi, Philippine?...

— Il ne me plaît qu'à demi... D'abord, il a l'œil faux,
et il est petit... répondait-elle.

— La sotte!.. Apprends, ma fille, que l'on ne juge
pas les gens à la hauteur de leur taille, mais à celle
de leurs pensées!

Et le baron du Pressoir, peu à peu, devint l'ami de
la maison, le confident ordinaire de M. Prunier.

Il y avait entre eux des liens mystérieux et souvent
les deux hommes s'enfermaient dans le salon, en face
du Musée, pour « parler affaires » disaient-ils.

— Où est ton père? demandait parfois Mme Prunier.

Philippine mettait son doigt rose sur sa jolie bouche
et répondait avec un sourire un peu moqueur :

— Chut!... il conspire!...

VI

LE PÉPIN DU ROI

Lorsque, ce jour là, M. Prunier revint de la poste et

trouva sa fille en train de rêver dans le salon, au lieu de chercher dans le Musée secret une place pour la bassinoire royale, il était d'excellente humeur.

— Sais-tu, fifille, que je t'apporte une bonne surprise !

— Vraiment !... Et laquelle ? demanda Philippine, intriguée.

— J'ai rencontré par hasard le baron du Pressoir, et j'ai obtenu de cet excellent ami qu'il vienne partager notre modeste déjeuner... Eh bien ! quoi ! Tu parais ennuyée... Je ne te comprends pas. En quoi peut t'affliger la présence d'un ami de ton père ?... Tu connais M. du Pressoir, et tu dois savoir estimer comme moi, comme ta mère, ses grandes qualités de cœur et d'esprit. C'est un gentilhomme de race. Je connais son père, vieillard vénérable, fort distingué, et je tiens Honoré en haute estime.

— Certainement, papa... mais...

— Que veux-tu dire ?... Fais vite.. D'ici quelques instants le baron sera ici. Il m'a seulement demandé de lui laisser le temps d'aller quérir quelques fleurs à votre intention...

— M. du Pressoir est fort aimable... je ne dis pas non... Je trouve même qu'il l'est trop, et si tu veux mon avis bien franc, ce n'est peut-être pas tout à fait par hasard qu'il a été rencontré par toi.

— Et quand ce serait, Philippine... Si ce cher garçon était attiré ici par... quelqu'un... dont la vue l'enchante..

Chez le Marchand d'Antiquités.

Mlle Prunier était devenue très rouge et avait fait
la moue.

— Le voilà qui sonne justement ! Allons ! fifille !
quitte cette vilaine figure. Je te l'ai dit : tu es libre
de choisir toi-même ton bonheur. Je te le montre.
Examine... Rends-toi compte... En attendant, va donner un coup d'œil aux apprêts du déjeuner.

Et tandis que la jeune fille disparaissait du côté de
la cuisine, M. du Pressoir, pommadé, ganté de frais,
son monocle bien en équilibre devant son œil, portant
deux bouquets dans la main droite — l'un pour Mme
Prunier, l'autre pour Mlle Prunier — et un paquet
dans la main gauche, fit son entrée dans le salon.

M. Prunier vint à lui, les bras ouverts :

— Ce cher ami ! dit-il.

Le baron se débarrassa, et serra les mains de M. Prunier.

— Quel honneur pour moi d'être reçu ainsi par
vous dans l'intimité ! Votre maison est un temple où
je n'entre pas sans émotion... Je suis un privilégié
vraiment !

— Ah ! c'est que peu de gens, mon cher baron,
savent apprécier comme vous ces idées qui gouvernent
ma vie, peu savent comprendre les sentiments
enthousiastes qui bouillonnent en moi.

— C'est singulier.. comme j'arrive à m'associer par
la pensée à cette journée mémorable dont vous m'avez
parlé souvent, dont il y a ici tant de souvenirs. Il me
semble que je m'y trouvais moi aussi. C'était le...
28 juin 1847... n'est-ce pas ?

— Exactement, fit M. Prunier, l'année qui précéda la naissance de notre fille.

— Ah ! Ah ! vous étiez déja l'époux envié de la plus charmante des femmes, de la belle Mme Prunier !

— Oui ! nous étions mariés depuis un an.

— Pourtant, Mme Prunier paraît presque aussi jeune que sa fille...

— C'est qu'elle n'avait que dix-sept ans lorsque je l'ai épousée... Ah ! si vous l'aviez vue alors, baron, elle était exquise.. Philippine en est d'ailleurs tout le portrait.

Le baron s'inclina.

— Le portrait n'éclipse en rien l'original actuel...

La porte du salon, en effet, venait de s'ouvrir, et Mme Prunier entrait, toute fraîche, toute rose, toute jolie encore. L'air piquant du matin lui avait fouetté le sang, et on l'aurait prise pour la sœur aînée de sa fille.

— Vous êtes mille fois aimable, M. du Pressoir : je viens d'entendre un compliment par trop flatteur.. Mais cet original dont vous parlez n'a plus qu'une beauté d'automne...

— Eh ! Madame, comme l'a dit le poète « Une rose d'automne est plus qu'une autre exquise. » Ah ! je comprends que, devant de tels yeux, le Roi se soit arrêté quelques heures...

Mme Prunier rougit.

— Ce ne sont pas mes yeux qui ont retenu Sa Majesté, mais l'intérêt qu'Elle portait à mon mari... dont on lui avait dit le dévouement...

— Mais pareil honneur lui assurait les plus hautes destinées...

— En effet, fit Mme Prunier. Nous avions la promesse royale, et si Louis-Philippe eût continué de régner, mon mari eût été pair de France, pour le moins... Mais la Révolution de 48, hélas ! brisa sa carrière.

— L'aigle fut étouffé dans l'œuf...

— Vous l'avez dit, mon cher Honoré, répliqua M. Prunier, risquant ce petit nom d'amitié. Aussi ai-je une terrible dent contre ces gueux de républicains... qui d'ailleurs, n'ont rien trouvé de mieux que d'accepter tout de suite un autre maître, les imbéciles... Et quel maître ! O temps ! O mœurs !

Mme Prunier, poliment, s'extasiait sur les roses apportées par le baron.

Celui-ci demeurait immobile, en contemplation devant la vitrine.

— Heureusement, fit-il, que vous pouvez vous réfugier dans cette tour d'ivoire, au sein de vos souvenirs !

— Oui, ici j'oublie un peu. Voyez, tout est groupé en cette vaste pièce, autour du buste Royal, un buste dont je vous raconterai un jour l'histoire, et que je sauvai en personne de la fureur révolutionnaire. Tout ce qui est ici évoque quelque trait de la vie de Louis-Philippe, et particulièrement, sous cette vitrine, sont réunis les objets qui, chez moi, eurent l'honneur de lui servir, sauf le lit, le lit où le Roi coucha à Boispignon, mon ancien lit, trop vaste pour y loger. Nous l'avons disposé dans le fond du salon, surélevé sur un tréteau.

— La valeur de ce musée est inappréciable ! fit le baron.

Mme Prunier, ménagère excellente, avait couru à la cuisine veiller aux apprêts du repas. Elle trouva Philippine très mécontente de la venue du baron, et qui s'épanchait dans le sein de la grosse Justine, la servante :

— Encore lui ! toujours lui !... Mon père est ridicule de s'encombrer de ce monsieur.

— Il est si aimable ! fit Mme Prunier, indulgente.

Mais tout à coup, en même temps, elles relevèrent la tête.

Du fond de l'appartement, une voix les appelait :

— Elodie ! Philippine !

— C'est ton père qui nous demande !

— Que se passe-t-il ?

— Venez vite.

Toutes deux accoururent, étonnées, se demandant ce qui se passait.

Dans le salon, M. Prunier gesticulait.

Il avait son air des grands jours. Evidemment, il se passait quelque chose d'insolite.

— Mes enfants, balbutia-t-il... Regardez !...

Il désignait sur le canapé, dans du papier d'emballage, un objet oblong.

— Elodie ! Philippine ! Ma femme ! Ma fille !... Si vous saviez ce que le baron, cet excellent baron, le meilleur, le plus délicat des amis est arrivé à se procurer, avec une peine infinie, et m'a offert, pour ma collection !

— Mais, c'est un parapluie ! fit la jeune fille.

— Oui, un parapluie... Et celui-là a toute une légende.... Il faut le respecter comme quelque chose de sacré. C'est le parapluie dont se servit Louis-Philippe quand il traversa Paris pour la dernière fois, au sein de l'ouragan populaire. On y voit encore les traces des balles !

Et M. Prunier ouvrit triomphalement le parapluie qui apparut, criblé de trous, comme une écumoire.

— Tu te trompes, papa ! Ces trous ont été faits par des mites, car Louis-Philippe n'a jamais traversé Paris sous les balles.

— Taisez-vous ! fille irrespectueuse ! Vous ne savez ce que vous dites... Baron, continua le pauvre homme en se tournant vers du Pressoir, je vais vous dire... mes intentions... vous exprimer un souhait qui... m'est cher et qui vous concerne... vous, si excellent si bien pensant,... vous m'aiderez à confectionner un catalogue officiel de ce musée historique, que je ferai imprimer à mes frais... et dont j'enverrai deux exemplaires parchemin et dorés sur tranche, l'un à mon prince vénéré, héritier du trône de France en respectueux hommage, et l'autre au tyran, pour le braver...

— A table, Messieurs, déclara Mme Prunier.

— A table, baron ! Le bonheur m'a ouvert l'appétit. Oui... le bonheur, car c'en est un de savoir se souvenir...

* *

Et tout le long du repas, tandis que Philippine demeurait pensive, les deux hommes ne cessèrent de parler politique.

— Quand finirons-nous, M. Prunier, de gémir sous le joug de l'usurpateur ?

— Du neveu du Corse aux cheveux plats !...

— Plus bas ! si l'on vous entendait ! dit Mme Prunier.

— Qu'on nous entende ! Ventre Saint gris ! Quand on a des convictions politiques, il faut savoir les affirmer... D'ailleurs ! qui pourrait nous entendre ici... dans la pièce la plus reculée de notre appartement.

— Les murs de l'Empire ont des oreilles...

— Nous les leur tirerons, Poupoule !...

Alors, le baron, après un silence, insinua :

— La police impériale est bien faite, et les mouchards s'introduisent partout...

M. du Pressoir avait prononcé ce dernier mot d'un ton singulier...

— Que voulez-vous dire, baron !

Il pria de ne pas insister, s'excusa, et M. Prunier, discret, n'insista pas.

. . . .

Quand le repas fut terminé et le café servi dans le salon, M. Prunier, prenant son hôte à part, lui demanda :

— Vous avez tout à l'heure parlé de mouchards du Buonaparte... Est-ce que vous croyez que je suis... surveilllé ?

Le baron devait comprendre sa pensée.

— Chut ! Il ne faut pas que ces dames...

— Il ne vient ici, en fait de personnes étrangères,
fit M. Prunier, que vous, et le professeur de dessin
de Philippine.

C'était à cela que le baron voulait en venir. Depuis
qu'il fréquentait la maison de la rue Guénégaud, il
n'avait pas tardé à s'apercevoir des assiduités de
M. Linot, et du trouble de la jeune fille, quand elle
en parlait. Evidemment, il devait y avoir entre eux
quelque intrigue, et cette intrigue ne faisait pas du
tout l'affaire d'Honoré, qui rêvait de devenir le gendre de M. Prunier.

Philippine était jolie, et sa dot ne pouvait pas
manquer d'être rondelette. Si le baron n'avait pas de
fortune, il avait un titre, ce qui en tenait place, et le
bonhomme Prunier ne pouvait être que flatté d'une
telle demande.

Certes, jusque-là, la jeune fille n'avait pas témoigné
au baron, malgré ses avances, une sympathie trop
marquée. Au contraire, elle se montrait plutôt réservée et défiante. Mais, très philosophe en ces matières,
Honoré mettait cela sur le compte de l'âge. D'ailleurs, l'essentiel était de l'épouser. On verrait toujours, ensuite, à s'entendre. N'ayant plus à l'heure
actuelle que des dettes, il lui fallait, à tout prix, faire
un mariage qui permît de redorer le blason quelque
peu fané des Du Pressoir.

Mais pour arriver à de telles fins, il était néces-
saire, avant tout, de conquérir le père et d'évincer
l'autre soupirant.

La première était facile ; il n'y avait qu'à prendre le bonhomme par son faible et flatter sa marotte. Le baron s'y entendait admirablement.

L'autre était plus délicate et nécessitait plus d'astuce. Cependant M. du Pressoir avait trouvé un joint.

— Eh oui, fit-il à mi-voix, mais de façon à pouvoir être entendu par tout le monde, je me suis souvent demandé — indiscrète curiosité peut-être, de ma part — si vous connaissiez beaucoup les antécédents du nouveau professeur de dessin de Mlle Philippine ?

Mme Prunier, sous un prétexte, éloigna la jeune fille.

— Que dites-vous, baron !... Mais nous croyons M. Linot de très bonne famille...

— Ceci dépend des points de vue... chère Madame... Son père, on me l'a affirmé, a été tué sur les barricades en 1848...

M. Prunier sursauta :

— Pas possible !... Comment... ce jeune homme... a eu un père... qui a contribué à renverser Louis-Philippe... Mais je l'ignorais, mais c'est très grave !... Jamais il ne nous a parlé de ça...

— Parbleu...

— Alors, vous croyez que...

— Je crois, mon cher M. Prunier, que ce n'est tout simplement qu'un mouchard de l'usurpateur.

Mme Prunier protesta :

— Allons donc ! ce garçon si charmant qui inspire la confiance !...

— Fait à présent partie de la police secrète de l'Empire.

M. Prunier levait les bras au ciel, atterré.

— A qui se fier ?... grand Dieu ! Mais baron... ce que vous dites là est excessivement grave... s'il a eu *vent de... ce que vous savez...*

Et tout bas, il ajouta :

— De nos conférences à l'*Ecu d'Argent*. . du Club de la Fleur de Lys...

— M. Prunier... j'ai idée qu'il n'est pas sans avoir entendu parler de notre complot.

— Et il se sera introduit ici, sous prétexte de leçons à ma fille, mais en réalité pour nous espionner plus sûrement !

— Voilà !

— Merci de tout cœur, mon cher baron, merci de m'avoir averti. Désormais, je vais épier les agissements de cet individu, et à la première occasion, il trouvera à qui parler, je vous en réponds. — Mais voici ma fille ; ne troublons pas sa jeune âme encore ignorante des infamies de la politique... S'il faut la prévenir, je préfère le faire moi-même, au moment voulu.

Et le baron, un sourire aux lèvres, prit congé de ses hôtes, laissant M. Prunier tout effaré, et Mme Prunier désolée par cette nouvelle, à laquelle elle ne pouvait croire...

Philippine n'était au courant de rien et elle monta se mettre au travail, en chantant, insouciante, à son chevalet, en attendant la venue coutumière de son professeur.

* *
*

Ce n'était pas une mince besogne que la confec-
tion du catalogue du Musée historique de M. Prunier
et le baron fut convoqué pour ce travail plusieurs
matinées de suite. On le retenait chaque fois à déjeuner.

M. Prunier avait trouvé ce moyen délicat de le
remercier de toutes les bontés qu'il avait eues pour
lui. A plusieurs indices, il avait compris que M. du
Pressoir n'était pas précisément riche. Les temps
étaient si durs pour les royalistes, systématiquement
écartés de toutes les places !

— Mon cher Honoré, avait dit M. Prunier, qui se
plaisait de plus en plus à cette appellation familière,
il est entendu que ce que je vous demande là est une
collaboration, et que vous en serez rémunéré. La vie
a ses exigences, et si, pour ce travail particulièrement
délicat, j'avais fait appel à une autre personne que
vous, il aurait bien fallu...

Le baron protesta au nom de sa vieille amitié,
mais M. Prunier insista de si exquise façon que c'eût
été le blesser que de refuser.

Il fut donc convenu que M. du Pressoir recevrait
pour son travail des appointements réguliers qui se-
raient basés sur le chiffre de cinq cents francs par
mois.

M. Prunier était tout fier de cette organisation. Il
lui semblait qu'il avait là un secrétaire, comme les
grands hommes, et cela le flattait infiniment, lui

Prunier, d'avoir pour secrétaire un baron authentique. Il ne mit pas sa femme au courant de cette nouvelle dépense : elle aurait pu s'en émouvoir, un peu ennuyée déjà de voir cet étranger se charger d'un travail qu'elle aurait pu faire avec Philippine.

Le résultat de la présence continuelle du baron fut d'indisposer contre lui, au plus haut degré, Mlle Prunier.

Bien loin de faire sa conquête, Honoré était pris en grippe. Philippine devinait son hostilité contre son prétendu, et ne le lui pardonnait pas. Elle avait surpris quelques paroles échangées entre lui et son père, concernant M. Linot. Quelque chose se tramait évidemment contre celui-ci.

Elle n'avait rien voulu lui en laisser voir, mais elle l'avait supplié d'attendre un peu avant de faire sa demande. Le moment n'était pas propice : M. Prunier était à peine poli, en effet, avec Linot.

— Qu'a donc votre père contre moi, Mademoiselle Philippine ? demanda un jour celui-ci à la jeune fille.

— Mais rien, je vous jure !...

— Si ! Si ? On lui monte la tête probablement...

Mme Prunier, heureusement était plus indulgente, et ayant deviné le penchant mutuel des deux jeunes gens l'un pour l'autre, elle avait obtenu de son mari qu'il ne fît pas encore de scandale.

Il fallait auparavant s'informer, être bien sûr...

— Ma chère Philippine, fit un jour Linot qui pouvait providentiellement, cette après-midi là, être seul

avec son élève — Madame Prunier, très souffrante,
étant allée se reposer dans sa chambre et M. Prunier
ayant été encore emmené par le baron à de mystérieux rendez-vous — il m'est absolument insuppor-
table de continuer à vivre dans cette incertitude.

Quoi qu'il y ait, quoi qu'on ait pu tramer contre
moi, quoi que pense Monsieur votre père à mon égard,
il faut que je lui parle, que je lui révèle, avec notre
mutuel amour, nos chers projets ; il faut que je sache
quelles sont ses intentions.

— Hélas !

— Pourquoi ce soupir ? Croyez-vous à un refus ?...
Ne suis-je pas de bonne famille ! Je ne suis pas riche,
c'est vrai, mais je possède néanmoins quelque petits
biens au soleil, et j'ai dans les doigts un métier qui
peut me rapporter gros.

Enfin, Philippine, et c'est la principale, la grande
raison ! je vous aime...

La jeune fille avait ses beaux yeux bleus pleins de
larmes. Le dessin qu'elle avait commencé, d'après
les conseils de M. Linot, restait inachevé...

— Je vous rendrais si heureuse ! Je vous ferais une
petite existence si dorlotée, si différente de celle que
vous menez ici. Vous mourez d'ennui dans cette
grande maison, sans relations, sans distractions d'aucune sorte. Votre père ne reçoit âme qui vive, sauf
cependant ce pseudo-noble, ce décavé qui m'est anti-
pathique au suprême degré.

— Si vous le détestez, il vous le rend bien.

— Bah ! et pourquoi ?...

— Parce qu'il a compris que je vous aime et qu'il veut m'épouser.

— Grand Dieu ! Que dites-vous là !

— Tenez, je serai franche. Il monte la tête à mon père contre vous. Et quand j'y pense, j'entre dans des rages folles. J'ai des envies de tout briser ici, dans ce musée ridicule, et le verre du roi lui-même, et son parapluie de malheur...

D'un geste de colère, Philippine avait saisi dans la vitrine, restée ouverte pour les travaux du catalogue, le précieux verre que l'on vénérait pour avoir servi à Louis-Philippe, pendant le dîner mémorable. Elle le jeta violemment sur le marbre de la cheminée, où il vint se briser. Le parapluie alla le rejoindre et, tombant dans l'âtre, se consuma.

— Que faites-vous là ? s'écria Linot... Votre père va être plus irrité que jamais...

— Bah ! dit-elle, nous avons tout un service pareil et je le remplacerai, ce verre ! Ce n'est pas le premier accident de ce genre. ça me fait du bien de passer mes nerfs...

— Mais alors... ce n'est plus... la relique véritable...

— C'est le septième qui est cassé ainsi. Mon père n'en sait rien naturellement... Il n'y a que la foi qui sauve...

Linot semblait tomber des nues.

— Alors... son musée n'a plus aucune valeur.

— Croyez-vous donc à l'authenticité de tout ce bric-à-brac, de ces pantoufles, de ces bassinoires, de toute cette batterie de cuisine qu'il achète depuis dix-huit ans aux quatre coins de Paris. Ma mère et moi nous n'en sommes pas dupes, nous doutant bien que les marchands, connaissant sa manie, le flouent de leur mieux. Mais qu'y faire ! C'est tout son bonheur, toute son occupation à ce pauvre homme, ses collections ! A son âge avec son caractère, l'écroulement inattendu de tous ses rêves lui porterait un terrible coup.

Et, tout en parlant, Philippine Prunier, en effet, avait réparé le dommage, pris dans une armoire un autre verre semblable au premier, et remis l'étiquette.

— Mais... le parapluie, fit Linot... qui vient de brûler !...

— Grand Dieu ! c'est vrai, j'oubliais... me voilà bien. Si mon père s'aperçoit...

— Comment le remplacer ?...

— Monsieur Linot... Comment est le vôtre ?...

— Béquille, Mademoiselle, un manche béquille des plus communs.

— Tant mieux, c'est cela ! Donnez ! voulez-vous.

Elle prit le parapluie des mains du jeune homme, alla à la vitrine, y prit une nouvelle étiquette sur laquelle, rapidement, elle écrivit : *Parapluie du roi* puis attachant cette étiquette au manche, elle alla poser le nouveau parapluie à la place de l'ancien.

— Ce n'est pas plus difficile que ça ! fit-elle.

— Mais, mademoiselle Philippine, mon parapluie est presque neuf... et celui du Roi était comme une écumoire.

— C'est juste. Avez-vous un canif, Monsieur Linot ?

— Oui...

— Sortez-le... Bien... Ouvrez-le... Très bien... Et
maintenant, avez-vous compris...

Le jeune homme, en riant, se mit en devoir d'obéir.

Il larda sans pitié l'infortuné parapluie. Habile-
ment, il taillada l'étoffe... Ici une balle, là... une
autre balle...

Mais, en se retournant, il s'arrêta pétrifié :

M. Prunier était sur le seuil de la porte, blême et
stupéfait.

Sa sortie n'était qu'une sortie feinte, de même que
l'indisposition de sa femme. M. Prunier voulait laisser
seuls les jeunes gens, afin de venir à pas de loup les
surprendre, constater de ses yeux ce qui se passait.
C'était là un conseil du baron, conseil qu'il n'avait pas
hésité à suivre.

Quel tableau s'offrait à ses yeux !...

Devant Philippine, qui ne protestait même pas, ce
misérable, d'une main profane, saccageait son musée !

Le premier mouvement de stupeur passé, M. Prunier, indigné, se précipita sur Linot, tandis que sa fille
s'enfuyait éperdue.

Il arracha le parapluie des mains du professeur, et
furieux, tonna :

— Régicide !

Linot était déconcerté.

Il balbutia :

— Monsieur Prunier !

— Parfaitement, monsieur Prunier en personne ! Vous ne vous y attendiez pas, mon gaillard. Ah ! le baron ne m'avait pas trompé ! Mais jamais je n'eusse supposé que votre haine aveugle irait jusqu'à s'en prendre à d'innocentes reliques...

— Croyez que...

— Ah ! vous êtes bien le fils de votre père !

— Je m'en flatte.

— Il n'y a pas de quoi pourtant ! Comment ! vous introduire chez moi sous un masque hypocrite et, connaissant mes principes, trahir ma confiance !

— J'ai eu tort, Monsieur Prunier, répondit Linot, croyant que celui-ci faisait allusion à son amour pour la jeune fille et au stratagème dont il s'était servi pour l'approcher, mais convenez, au moins, qu'il y a à ma faute des circonstances atténuantes...

— Lesquelles ?

— La bonne grâce unique de la personne dont je me suis fait l'esclave.

M. Prunier pensa :

— Oui ! la bonne grâce de l'Empereur !

Linot suivait son idée.

— Je l'aime, Monsieur !

— Votre attachement n'excuse pas votre conduite.

— Mais si, puisque c'est pour le bon motif !

— Quel motif !

— Je voudrais lui jurer sur l'autel une fidélité éternelle.

LOUIS PHILIPPE
VIVE LE ROI
Le Club de la Fleur de Lys.

M. Prunier, se méprenant, croyant toujours qu'il s'agissait du monarque, écumait de rage :

— Jurez-lui ce que vous voudrez... Je m'en moque !

— A présent que vous savez tout, j'attends votre réponse.

— Elle sera énergique et courte, monsieur Linot.

Le père de Philippine avait pris une attitude tragique.

L'heure n'était-elle pas solennelle pour lui ! Il venait de surprendre ce coquin, de lui jeter à la face le mépris qu'il avait pour lui.

— Ah ! quel dommage que le Prince prétendant, ou quelque sommité du parti royaliste, le baron du Pressoir, même au besoin, ou son noble père, l'ex-chambellan, ne pût le voir en un pareil moment !

C'était bien le Prunier superbe des grands jours, plein de dignité. Il étendit le bras vers la porte et d'un geste à la Mirabeau :

— Allez, monsieur Linot, allez dire à votre maître que si l'on veut m'arrêter, je subirai le martyre sans me plaindre, plutôt que de renoncer à mes convictions... et que si Buonaparte décrète contre moi la proscription,... je ne sortirai de France que par sa volonté souveraine... et par la force des baïonnettes.

— Des baïonnettes ! répéta le peintre abasourdi...

M. Prunier le poussa dehors :

— Allez, Monsieur ! allez, et vive le Roi !

VII

POUR LE ROI !

M. Prunier était fiévreux.

— Tâte mon front, Philippine... Comme il est brûlant.

— En effet...

— Et mes mains...

— Elles sont moites...

— Ça ne fait rien. Je garde mon calme...

— Tu m'effrayes, papa ; qu'as-tu ?

Le pauvre homme se promenait avec agitation dans la salle à manger.

— Où en suis-je ? Voyons ! J'ai tout rangé dans ma chambre et brûlé ce qu'il faut brûler.

Il ricana.

— Ah ! les bandits ! Ils n'auront que ce que je voudrai bien leur laisser...

La jeune fille le regardait aller et venir, ne comprenant pas ce qui se passait.

— Papa devient fou ! pensait-elle.

La pauvre petite ne vivait plus depuis qu'elle avait entendu son père se mettre en colère contre Linot. La discussion avait été bien vive, et le jeune homme était parti sans avoir eu le temps d'échanger un mot avec elle.

Evidemment, il se passait des choses singulières...

Que s'étaient-ils donc dit ?... Quelles menaces s'étaient-ils faites ?...

Philippine aurait bien voulu le savoir, mais M. Prunier restait impénétrable.

Elle l'avait seulement entendu marcher à grands pas dans sa chambre, ouvrir des tiroirs, allumer son feu, remuer des meubles.

Il se décida enfin, brusquement :

— Mon enfant, fit-il solennellement ; tu n'es pas sans t'apercevoir que quelque chose d'insolite se prépare dans ma vie.

— En effet, papa. Tu parais ému...

— Ému ! non, Philippine ! J'ai du sang-froid, je t'assure, j'ai excessivement de sang-froid. Mais il faut te disposer, mon enfant, à recevoir un grand coup dans ton amour filial.

— Tu m'effrayes !...

— Linot va me faire arrêter !

Philippine recula, stupéfaite...

— Linot ! balbutia-t-elle. Et pourquoi ?..

— Parce que cet individu n'est qu'un mouchard de l'Empereur... Il a découvert un complot royaliste dans lequel je suis quelque peu mêlé et... et compromis...

— Ce n'est pas possible, papa ! Linot ! un mouchard ! Allons donc !... Qui t'a conté cette bourde !...

— Lui-même n'a pas cherché à nier l'évidence. Je l'ai surpris, comme tu as vu, saccageant ma collection, par ordre de Bonaparte...

— Mais non, je t'assure... Ce n'était pas pour cela.

— Je sais ce que je dis... S'il s'est introduit chez nous, c'était à seule fin de m'épier...

— Je te jure... que ce n'est pas pour cela...

— Pourquoi donc alors ?...

Philippine rougit, hésita... et baissant les yeux sous le regard de son père répondit :

— Je... je n'en sais rien.

— Alors ne me contredis pas.

M. Prunier se tenait devant le poêle, les bras croisés, dans une attitude digne, comme il convenait.

Immanquablement, pensait-il, ce Linot, ce policier jeté dehors rudement par lui, ne pouvait manquer de revenir en force l'arrêter comme rebelle et coupable d'un complot contre l'Empereur.

Mais M. Prunier devait être à la hauteur des circonstances.

— Si je me résigne à tout subir, dit-il, je veux au moins sauver mes complices... Tu vas aller avec ta mère prévenir le baron du Pressoir de gagner sur le champ la Belgique, où vous l'accompagnerez...

— Nous, papa ! Pourquoi faire ?...

— Pour contracter une union digne de nous...

Une tuile tombant sur la tête de la jeune fille ne lui aurait pas causé de commotion plus violente, plus inattendue.

— Quoi, papa !... Tu songes sérieusement à me faire épouser ce M. du Pressoir ?...

— Qui m'a fait ce matin même le grand honneur de me demander ta main. Mais oui...

Philippine serrait, de rage, ses petits poings :

— Tu... la... lui... as... promise!

M. Prunier répondit :

— Refuse-t-on de voir sa fille baronne !...

— Mais je ne l'aime pas !...

— Tu ne l'aimes pas !... Comment peux-tu ne pas aimer un homme dont le père a été chambellan de Louis-Philippe !

— Parce que j'aime Linot, voilà !

Sous la colère d'une pareille révélation, M. Prunier avait blêmi.

— Tu aimes Linot !... répétait-il, à moitié suffocant... un bonapartiste qui est en train de livrer ton père... Veux-tu donc renouveler Roméo et Juliette, rééditer les Capulet et les Montaigu !...

— Mais encore une fois, Linot n'est pas un espion !...

— Jamais, entends-tu, jamais !... je ne donnerai ma fille au fils d'un quarante-huitard..._

— Tu te trompes, son père...

— Jamais, te dis-je, répéta avec autorité M. Prunier. D'ailleurs, je me suis engagé avec le baron...

— A me sacrifier ?

— Je me sacrifie bien moi-même à la cause sainte. Imite mon exemple. Aie conscience du rôle qui incombe à la fille d'un homme qui, à dater d'aujourd'hui, comptera dans l'histoire de France...

Et sur ces paroles, il se dirigea vers la porte.

— A tout à l'heure. Je vais me préparer à recevoir dignement les sbires du tyran.

Philippine ne comprenait décidément plus rien à

ce qui se passait. Un concours inouï de circonstances malheureuses amenait des drames dans cette maison si tranquille. Un vent de tempête inexplicable s'était déchaîné.

Mais le plus clair de tout cela était que cet infortuné Linot, qu'elle aimait, avait été congédié, que M. du Pressoir avait demandé sa main, et que M. Prunier, sans même la consulter, avait accordé cette main.

Non ! Non ! son père devenait fou, sans aucun doute. Un coup de soleil avait dû déranger son cerveau déjà exalté...

Philippine pleurait, sentant bien qu'au milieu de toutes ces extravagances, c'était elle qui allait être sacrifiée.

Sa mère vint la rejoindre. Elle non plus ne comprenait rien aux allures mystérieuses de M. Prunier. Depuis longtemps, elle devinait le gracieux roman d'amour qui s'édifiait entre Philippine et le jeune artiste, et elle le considérait sans acrimonie, sans révolte. — Elle éprouvait une sympathie instinctive pour cet amour charmant et désintéressé de ces deux jeunes êtres. Peut-être, sans se l'avouer, avait-elle parfois souffert d'une union de commande avec un mari, bon sans doute, mais beaucoup plus âgé qu'elle.

Le séjour à Paris, le spectacle du monde qu'elle ne fréquentait pas, mais devinait, lui avait fait voir la vie sous un tout autre aspect, et elle s'était dit que sa fille, elle, au moins, ne ferait pas un de ces mariages sans amour dans le seul but d'équilibrer l'un par l'autre deux budgets ou d'organiser une communauté d'intérêts.

Et parfois, quand elle songeait à ce Linot, aimable garçon, d'un talent réel, qui promettait pour l'avenir, elle était flattée au fond que sa fille pût épouser un artiste, c'est-à-dire un homme dont les occupations s'élevaient au-dessus du commun, qui pouvait se passionner pour son art, au lieu d'un de ces êtres mornes, monotones, inutiles, comme il y en avait tant.

Mais pour faire accepter à M. Prunier cette idée, des prodiges de diplomatie étaient nécessaires. Le pauvre homme avait des théories très particulières sur tous ces points, et il faudrait une infinie délicatesse pour l'empêcher de gâcher — sans le vouloir, car il avait un cœur excellent — le bonheur de sa fille.

* *

Philippine et sa mère ne purent retenir un cri d'étonnement.

M. Prunier venait de reparaître, en redingote puce, arborant à la boutonnière l'insigne en carton doré du Club de la Fleur de Lys.

— A présent, fit-il... ils peuvent venir !...

— Qui donc ? mon ami.

Cette question n'obtint pas de réponse...

Etait-ce par dérision que Mme Prunier la lui posait ?

Ne savait-elle pas que cet espion de Bonaparte,

corrigé par lui de belle façon, n'avait certainement
pas manqué d'aller chercher des agents de police pour
appréhender le conspirateur au collet, et l'emmener
sous bonne escorte.

M. Prunier arpentait la salle à manger en silence,
s'arrêtant par instants, pour regarder l'heure au
coucou.

— Ah ! j'oubliais ! fit-il soudain. Elodie, ce pli est
pour toi.

Il sortit de sa poche une vaste enveloppe, cachetée
de rouge en cinq endroits.

— Qu'est cela ? mon ami.

— Mon testament et mes dernières recommanda-
tions. On ne sait pas ce qui peut arriver.

— Mais il ne peut rien arriver du tout... je pense bien.

— Vous autres femmes, vous ne comprenez rien
aux choses de la politique.

— Ma foi non, et je ne comprends rien à cette redingote solennelle que tu as été mettre... Qu'attends-
tu ?

D'une voix tragique, M. Prunier répondit :

— Mon arrestation !

Et même, s'impatientant presque, regardant avec
plus d'obstination le coucou, il murmura :

— Que fait donc Linot !

Pour un peu, il aurait été lui-même chercher la
police. Cette arrestation, c'était la suite naturelle, le
complément de l'histoire politique de M. Prunier,
si glorieuse déjà. Ce serait le second honneur de sa
vie !...

L'excellent homme mourait d'envie d'être arrêté, de devenir le « Martyr » de la Cause Sainte qu'il défendait, après en avoir été le « héros ». Il était convaincu que sa personnalité remplissait le monde, et que ce monde avait les yeux fixés sur lui.

La légitime ambition qui était née dans son cerveau à la suite des paroles aimables du Roi, ambition que les événements avaient contrariée, s'était transformée peu à peu en un sentiment d'incommensurable vanité.

Mais la police ne venait toujours pas, et, après un petit quart-d'heure d'attente, Elodie et sa fille se décidèrent à prendre leur broderie.

— Ne m'abandonnez pas au moment suprême, fit M. Prunier, et passons, si vous voulez bien, dans le salon. Quand... ils viendront, je veux qu'ils me trouvent au milieu de mes souvenirs.

A ce moment, la sonnette se fit entendre,

— Ce sont eux !

M. Prunier prit une pose très noble, les bras croisés, la tête haute, le dos appuyé à la vitrine.

— Adieu, ma bien aimée femme, dit-il, adieu compagne fidèle qui, toujours, luttas à mes côtés ! Adieu, ma chère et douce enfant !... je suis prêt.

Mais ce n'était pas la police. C'était tout simplement le baron du Pressoir qui n'avait pu, le matin, travailler au catalogue, et jugeait convenable de venir s'excuser.

M. Prunier eut une déception en apprenant que ce n'étaient pas encore les " sbires du tyran. "

Mais en ces circonstances, le baron n'était pas de trop. Il serait peut-être un témoin utile, qui pourrait aller retracer au Prince la fidélité de M. Prunier.

D'une voix mélodramatique, celui-ci s'écria :

— Baron. Tout est découvert.

— Quoi, tout ?

— Le Complot !.

M. du Pressoir resta abasourdi.

Quoi ! l'on prenait au sérieux cette invention qu'il avait fabriquée au hasard, à seule fin de se débarrasser d'un rival gênant !

— Ce serait trop cocasse, pensa-t-il, si j'étais tombé juste !...

— Oui, répéta M. Prunier ; Linot va me faire arrêter tout à l'heure.

— Il n'oserait !

— Ainsi parlait le duc Guise, baron. " Ils osèrent quand même ".

— C'est vrai... Et que comptez-vous faire ?

— Attendre de pied ferme.

— Bravo ! Le prétendant connaîtra votre attitude en face du danger. Il vous fera comte.

M. Prunier sourit, flatté.

— Le Comte Prunier, cela sonne bien. Seulement, comme je trouve qu'une seule victime suffit, je vous conseille de gagner Bruxelles avec nos complices.

Le baron se récria :

— Vous abandonner ! Jamais !

— Merci, mon ami. Je n'attendais pas moins de

votre grand cœur. — J'avais pu l'apprécier depuis longtemps.

Puis, tout bas, il ajouta :

— Vous aurez ma fille. Je me charge de la décider.

— Elle hésite ?...

— Un peu... mais c'est si jeune... ça ne sait pas...

Le coucou sonna trois heures,.. puis trois heures et demie... puis quatre heures..

Pour faire diversion, Philippine apporta du malaga et des petits gâteaux.

La police s'abstenait toujours.

M. Prunier était furieux.

A quatre heures et demie, il se leva, fort courroucé, mais maître de lui.

Et sarcastique :

— Allons ! fit-il. Ce ne sera pas pour aujourd'hui. Ils ont peur sans doute.

Mais bravons-les, baron.., Rendons-nous tête haute et sans craindre la foule curieuse jusqu'à notre Club. Retrouvons nos amis. Groupons-nous à l'heure du danger...

— Et de l'apéritif, pensa du Pressoir.

C'est là, dit-il, une idée tout à fait heureuse, et je vous suis. Alors, emboîtant le pas derrière son ami, M. Prunier se dirigea vers la rue du Petit Moyne.

. . . .

— Philippine ! dit Mme Prunier, ton père me semble un peu... bizarre en ce moment. Ses courses mystérieuses m'inquiètent, et je me demande de quelle façon, réellement, il passe son temps...

Mais qu'as-tu, mignonne, tu pleures !...

Les beaux yeux de la jeune fille se voilaient de larmes, en effet...

— Ah maman ! C'en est bien fini de mon bonheur !

— Que veux-tu dire ?...

— Avec toutes ses histoires politiques, papa me sacrifie... Il tient à me faire épouser ce baron que je ne peux pas sentir, il s'est mis cela dans la tête et n'en démordra pas... Plus ça va, plus, vois-tu, il est impossible de lui faire entendre raison et lui montrer que ce monsieur du Pressoir se moque de lui.

— Je le crains.

— Il n'a rien de ce qu'il faut pour faire mon bonheur.

D'abord il est laid, horriblement laid.

— Tu as raison, Philippine, et ce serait dommage qu'une jolie mignonne comme toi...

— Je me moque de son titre de baron. Ce n'est pas la noblesse qui fait le bonheur, mais l'affection, et je n'en ai pas pour lui, je n'en aurai jamais... D'ailleurs, mon père lui-même ne me fera pas changer d'idée...

Mme Prunier avait attiré contre elle la jeune fille et la câlinait :

Son cœur se serrait à la pensée que Philippine ne serait pas heureuse.

— Vois-tu, petite mère... Ce monsieur Linot dont vous dites tant de mal...

— Mais je n'ai pas d'opinion, moi, je te jure...

— Contre qui mon père est si courroucé, sur les

instigations du baron... Ce monsieur Linot n'est pas l'homme qu'il croit, mais un homme de cœur courageux et bon.

— Tu l'aimes, Philippine ?

— Oui, maman.

La réponse fut faite tout simplement, sans hésiter, venant du cœur.

Mme Prunier regarda sa fille, un peu surprise de cette insistance.

Pourquoi pas, au fait ? Un roman entre ces deux jeunes gens n'avait rien que de naturel, que de très admissible.

Mais alors ! la campagne menée par M. Prunier contre lui, les insinuations malveillantes et probablement très fausses du baron, devaient faire beaucoup de peine à Philippine.

C'était donc là tout le résultat du beaux zèle politique de M. Prunier, de ses fameuses convictions royalistes, jeter le trouble et le désarroi dans le cœur tendre de son enfant !

Mme Prunier se révolta à cette pensée. Il était temps d'agir et elle seule pouvait le faire. Mais comment ?

Depuis les événements qui avaient eu lieu à Boispignon en 1847, le pauvre homme s'était donné à lui-même une telle importance que le rôle de sa femme dans le ménage était bien effacé.

—Ne crains rien, dit-elle pourtant à sa fille. Je suis avec toi, et une mère n'est jamais à court de stratagèmes quand il s'agit de sauver son enfant.

— Que vas-tu faire ?

— Je n'en sais rien encore, mais j'ai fort envie d'empêcher ton père de continuer à se mêler à ces soi-disants complots qui ont pour résultat de dissiper notre fortune et de ruiner ton bonheur.

A ce club, où il se rend presque tous les jours maintenant au lieu de demeurer avec nous, j'ai idée d'aller voir un peu ce qui se passe exactement, et si, comme je le crois, ton père s'y fait tout simplement flouer, je me charge de le lui dire, au retour.

— Toi, maman !

— Pourquoi pas ? De cette façon aussi, si, par hasard, comme il le prétend, on venait l'arrêter, j'en serais informée et pourrais peut-être intervenir. — Avec toutes ses bruyantes protestations politiques, il finira par se faire remarquer.

Alors, en hâte, se cachant la figure sous une voilette qui la rendait méconnaissable, Mme Prunier sortit pour suivre son mari.

****

— Que désirez-vous prendre, Madame ?

— Rien... ou plutôt, si... un café et des journaux. J'attends quelqu'un. Je vais me mettre là dans ce coin, où je serai tranquille.

— Mais vous n'y verrez pas bien.

— Laissez, ce sera parfait.

— Vous entendrez peut-être du bruit. Tout à côté, nous avons souvent... une réunion... un peu tapageuse, des gens qui jouent aux cartes... et fument...

— Ça ne fait rien, Monsieur, ça ne fait rien.

Le patron du café de l'*Ecu d'Argent* s'inclina devant l'insistance de cette singulière cliente, qui s'obstinait à se placer dans le coin le plus noir de l'établissement.

L'homme était discret. Il pensa que cette dame venait peut-être à quelque galant rendez-vous, et ne tenait pas à être vue.

Mme Prunier — car c'était elle — avait, non sans que le cœur lui battit très fort, rattrapé son mari dans la longue course qu'il avait faite avec le baron, de la rue Guénégaud à la rue du Petit-Moyne.

Dieu merci ! Il n'était pas loin, arrêté à flâner à des étalages de brocanteur.

Cinq fois, il s'était assis sur un banc, afin de s'éponger le front. Le pauvre homme parlait beaucoup ; en effet, il paraissait regarder les passants avec une certaine inquiétude. La marotte de son arrestation, probablement.

Sur les quais, il fit quelques emplettes.

Mme Prunier se demandait anxieusement ce qu'il pouvait encore rester de leur petite fortune, depuis le temps que son mari, pour satisfaire son incorrigible manie de collectionneur, achetait des blaireaux à barbe quatre-vingts francs et des pantoufles cinq louis. M. Prunier oubliait qu'il avait une fille à doter et que Philippine était bonne à marier maintenant.

A la *Taverne de l'Ecu d'Argent*, les principaux membres de la Fleur de Lys prenaient justement l'apéritif, M. de Sainte-Radegonde avait amené plusieurs de ses amis, futurs membres du Conseil d'Administration de la Société des Batteuses de beurre, société que, ayant trouvé quelques combinaisons financières, malgré l'opposition impériale — il était sur le point de fonder. Il ne lui manquait que quelques billets de mille francs.

Le capitaine de la Flotte avait amené aussi son ami, le propriétaire des fûts de Bordeaux, gros monsieur très bavard.

L'entrée de M. Prunier et du baron fut saluée de hurrahs répétés.

L'ancien maire de Boispignon, en effet, avait grand air, avec sa longue redingote solennelle. En arrivant, il accrocha à sa boutonnière son insigne en carton doré que, dans la rue, il avait jugé prudent de retirer.

— Vive le Roi ! messieurs, fit-il en se découvrant d'un geste large.

Le patron du café vint vers lui et, à l'oreille, lui glissa :

— Evitez les manifestations trop tumultueuses... Il y a dans mon café... des personnes mystérieuses que je ne connais pas, et qui ont une attitude singulière.

— Je sais ! je sais ! fit M. Prunier, ému, mais flatté.

Sans aucun doute, la police était à ses trousses.

— Et... quel genre de personnes... nous espionnent ainsi ?...

— Je ne suis pas sûr qu'on vous espionne... mais il serait sage...

Le Pépin du Roi.

— Merci. Nous avons compris, et nous montrerons aux envoyés de Buonaparte que nous savons à quoi nous en tenir sur leurs menées... C'est un jeune homme, n'est-ce pas ?...

— Pas précisément... Une dame... très voilée...

— Une femme voilée !

M. Prunier ricana :

— Le Buonaparte a toutes les audaces. On m'avait dit, en effet, qu'il employait de nombreuses femmes dans la police. Il donne ainsi des moyens d'existence aux filles des soldats que le Corse a fait tuer... Triste besogne !

Et M. Prunier, méprisant, s'attablant au milieu des conspirateurs, alluma sa pipe et commanda une tournée de bocks.

Pendant une heure et demie, Mme Prunier, toujours dissimulée dans l'ombre, de plus en plus noire avec la tombée du jour, écouta, cherchant à comprendre ce qui se passait.

Ce n'était pas du tout ainsi qu'elle se l'était figurée une réunion politique. Ces gens n'avaient pas plus l'air de s'occuper du roi que du grand turc, et à part le petit discours de M. Prunier à son arrivée, on avait parlé de tout, excepté de complot.

Dans le brouhaha des conversations, elle distinguait mal.

Mme Prunier avait cependant entendu son mari répondre :

— Mais certainement, cher monsieur, mais certainement, je souscris des deux mains à une commande.

Ma cave est vaste et je vais m'approvisionner de Bordeaux. Envoyez-moi cinq barriques.

Grand Dieu ! Cinq barriques de vin. Le pauvre homme n'y pensait pas. Il était amplement pourvu. A quoi bon cette inutile dépense, et sans même avoir consulté la maîtresse de la maison !

Quelques moments après, le chevalier de Sainte-Radegonde prit à part M. Prunier et l'emmena s'asseoir sur un canapé adossé justement à la mince cloison de l'autre côté de laquelle se trouvait Elodie.

Elle put entendre distinctement :

— Cher ami, c'est convenu. Nous vous avons inscrit parmi les membres fondateurs de nôtre société de Batteuses de beurre, et nous comptons bien vous porter à la vice-présidence du conseil d'administration, qui aura lieu prochainement.

— Je suis flatté... très flatté... répétait M. Prunier, et voici ma part d'actionnaire : je suis enchanté de souscrire. Prenez ce chèque.

Mme Prunier sursauta. Une part d'actionnaire ! Un chèque !... Mais alors l'insensé gaspillait ainsi, sans compter, sa fortune à tout venant... C'était de la folie pure. Prunier vice-président d'une société financière, lui qui ne connaissait pas un mot des affaires !...

Sa femme s'était levée. Elle avait envie d'intervenir.

Mais sa présence inattendue parmi ces gens serait ridicule...

Pauvre homme, à qui la folie des grandeurs tour-

naît la tête et qui, depuis cette aventure du roi à Boispignon, aventure qu'elle commençait à regretter, se
croyait quelqu'un !...

Il y eut un grand bruit de chaises. Les conspirateurs
se levaient pour sortir.

Mme Prunier vit leur défilé, grotesque, lamentable.

Quoi ! c'étaient là les défenseurs de la cause sainte,
les amis de son mari !

Jamais le baron du Pressoir ne lui avait paru aussi
haïssable. En sortant, tous ces gens-là riaient, sem-
blant se moquer.

De qui ?

De M. Prunier, bien sûr.

Ce dernier ne sortait pas. Il devait être resté seul
dans le café, car on n'entendait plus aucun bruit de
voix.

Alors Mme Prunier monta sur la banquette où elle
était assise et, par dessus la cloison, regarda.

Devant la table surchargée de soucoupes et de bocks
vides, M. Prunier était accoudé, rêveur.

Qu'attendait-il ? De se trouver peut-être en face de
la mystérieuse envoyée de Buonaparte ?...

A ce moment, le patron de l'établissement s'approcha, obséquieux :

Mme Prunier prêta l'oreille.

— Je viens... pour le petit compte. Justement, c'est
le dernier jour du mois et... pour la régularité de
mes livres...

— Combien vous dois-je ? fit M. Prunier.

— En additionnant toutes les consommations d'aujourd'hui qui n'ont pas été soldées, celles de tous les jours depuis le 7, la location de la salle réservée, l'éclairage, le champagne... trois voitures que j'ai réglées pour ces messieurs, cinq francs vingt-cinq de timbres-poste, trois douzaines et demie de cigares... cela fait... attendez... quarante-huit et je retiens quatre... six cent cinquante-huit francs quatre-vingt dix centimes.

— Sapristi! fit M. Prunier, qui paraissait loin de s'attendre à pareil compte.

Mais toute discussion de chiffres était indigne de lui...

— Je vous avoue, dit-il, que je n'ai pas pensé à prendre assez d'argent... voici un chèque...

Le gérant s'inclina, pendant que M. Prunier inscrivait.

Mme Prunier était fixée maintenant. Sans bruit, elle quitta le café et, en hâte, rentra rue Guénégaud.

— Ma pauvre Philippine, dit-elle, si nous n'y mettons ordre, Louis-Philippe rendra ton père complètement fou!

VIII

UN POULET DE SA MAJESTÉ

Il y eut de l'orage dans l'air, ce soir-là.

Mme Prunier s'enferma dans le salon avec son

mari, et froidement, posément, avec des paroles affectueuses, demanda, comme c'était son droit d'épouse, de savoir où en étaient les comptes de leur petite fortune.

M. Prunier rougit, balbutia, essaya de tergiverser, mais Elodie tint bon et, ayant été chercher son grand livre où, par une vieille habitude du temps où il gérait les finances municipales, il marquait en ses moindres détails la gestion des siennes propres, il finit par avouer qu'au lieu de posséder, comme autrefois, six cent mille francs, il ne lui en restait plus que trois cent quatre-vingt-huit mille...

Mme Prunier pleurait.

— C'est extraordinaire, poupoule, et je n'y comprends rien... J'ai dû me tromper dans l'addition finale... Mais non... Probablement que la faute en est aux rentes qui baissent chaque jour dans ce gouvernement maudit, aux impôts qui augmentent et...

— Laisse le gouvernement tranquille : il n'a rien à voir là-dedans, et ce n'est pas sa faute si tu te ruines en reliques qu'on te fait payer des prix fous, si tu payes six cent cinquante-huit francs de consommations et cinq cents francs d'appointements au baron pour ton catalogue. Ce n'est pas sa faute non plus si tu commandes à la fois cinq fûts de Bordeaux et si tu mets des capitaux dans des sociétés de batteuses de beurre.

— Par exemple ! Comment sais-tu ?

— Je sais... voilà tout...

— Mais une excellente affaire, mon amie, et un excellent Bordeaux.

— C'est toi qui le dis !

— Mais enfin, la vie a de certaines exigences, mes occupations, certains devoirs, mes convictions...

— Tes convictions arriveront à nous ruiner et si cela continue, toi qui parles si bien de marier ta fille, tu n'auras même pas de dot à lui donner.

M. Prunier était devenu très rouge. Sa figure se congestionnait... Ses mains tremblaient.

Dignement, il répondit :

— Comme dot, ma fille aura mon musée...

Mme Prunier haussa les épaules.

— Jolie dot !

— Tu blasphèmes, Elodie !... Tu renies ce qui devrait être sacré pour toi aussi... qui fus associée à cette nuit glorieuse.

— Il y a des moments où je la regrette, cette nuit... où je la maudis...

M. Prunier avait croisé ses bras en un geste plein de dignité qui lui était familier.

Sa bouche avait un pli d'amertume et de dédain.

— Sans compter, fit-elle, qu'à propos de Philippine, tu t'occupes bien mal de son bonheur. Tu te soucies peu de connaître ses sentiments, et par égoïsme, oui, par égoïsme, tu veux la jeter, contre sa volonté, dans les bras du premier blanc bec venu, parce qu'il flatte ta manie...

— Ta manie ! Tu as dit ma manie !... rugit M. Prunier, cramoisi de colère...

Mais Mme Prunier tout à coup était redevenue calme.

Une idée, subitement, avait traversé son esprit :

A tout prix, ne fallait-il pas guérir ce malheureux homme de sa dangereuse manie, et pour le guérir, il y avait peut-être un moyen, plus sûr, plus infaillible que des reproches ou des menaces. C'était un grand enfant qu'il fallait mener, puisqu'il n'avait pas la sagesse de savoir se mener lui-même, puisqu'il compromettait par ses sottises le petit pécule familial et le bonheur de son enfant. Il était temps encore. Tout n'était pas complètement dépensé, mais au train d'où allait M. Prunier — elle lui avait vu le chèque si facile — il fallait se hâter.

Il avait besoin d'être éclairé au moins une fois, de comprendre qu'il était trop généreux, la victime d'adroits coquins qui spéculaient sur son enthousiasme politique, depuis les marchands de fantaisistes antiquités, jusqu'aux conspirateurs de l'Ecu d'Argent.

Mme Prunier garda son projet pour elle seule. Le meilleur moyen était de ne rien brusquer, afin de frapper, au moment propice, un coup décisif.

*
* *

Une semaine avait passé.

Jamais la belle Mme Prunier ne s'était montrée plus avenante, plus conciliante, plus attentive que ces derniers jours pour le jeune baron du Pressoir.

Celui-ci, enchanté, répétait au père Prunier :

— Et dire qu'il y a des gens qui médisent des belles-mères ! J'en connais une qui ferait, j'en suis sûr, le bonheur de son gendre !

— Vous parlez d'Elodie, je parie...

— En effet.

— J'ai remarqué aussi qu'elle vous tenait en grande estime... Les femmes sont un peu nerveuses, voyez-vous, et je vous avouerai que, quelque temps, au début surtout, elle vous regardait avec une certaine méfiance, légitime émoi, probablement, d'une mère qui veille sur le bonheur de sa fille.

M. Prunier, en effet, après la scène violente que sa femme lui avait faite et où elle lui avait parlé si cruellement du baron, l'avait vue, presque subitement, revenir à d'autres idées sur son compte. Ce revirement l'avait enchanté.

— Aujourd'hui, fit le baron, je la crois d'accord avec vous et favorable à mes projets.

— Moi aussi, je le croirais... Il ne reste plus qu'à décider ma fille.

— Cette chère Philippine. Hélas ! Il y a des moments où je doute, où je me désespère d'arriver jamais à me faire agréer.

— Patience, mon ami, patience ! Je ne vous cache pas que ma fille est quelque peu capricieuse.

— C'est de son âge !...

Au moment où M. du Pressoir prit congé de Mme Prunier, celle-ci, mystérieusement, le retint et lui dit tout bas :

— Cher Monsieur, voulez-vous me rendre un grand service ?

— Je suis tout à vous. Disposez de moi comme il vous plaira.

— Il s'agirait d'une démarche à faire... pour moi... Un homme réussit mieux qu'une femme, et M. Prunier ne peut s'employer, car c'est lui qui est l'objet de cette démarche .. Voici,.. en quelques mots :

Vous connaissez le faible de mon mari pour tout ce qui se rapporte à Louis-Philippe. Or, j'ai récemment appris que, chez un marchand nommé Vernheim et qui habite rue de la Tombe-Issoire, se trouvait en ce moment une pièce fort rare et dont il se débarrasserait pour rien... Il s'agit d'un autographe du roi, un autographe d'autant plus précieux qu'il traite d'un sujet des plus délicats, éclairant d'un jour nouveau la physionomie de ce souverain.

Si vous vouliez bien vous y employer et faire l'acquisition de cette lettre, vous la donneriez à M. Prunier. Ce serait un moyen de vous faire tout à fait bien voir de lui qui, déjà, vous aime beaucoup et aussi, je pense, de plaire à ma fille qui a pour son père trop d'affection pour ne pas être, par contre coup, touchée de cette attention.

— Mais, comment donc, chère Madame ! je vais chez Vernheim de ce pas, j'obtiendrai de lui, l'autographe royal, je vous le promets. Trop heureux de vous être agréable, et aussi de servir de si aimable façon mes intérêts auprès de Mlle Philippine.

Et le baron, tout guilleret, tout fier de la marche précipitée de ses petites affaires depuis qu'il avait eu la chance de rencontrer la famille Prunier, s'achemina du plus vite qu'il put vers la rue de la Tombe-Issoire.

Le lendemain, en revenant pour déjeuner rue Guénégaud, M. du Pressoir avait un air mystérieux qui ne lui était pas habituel.

Il s'avança vers M. Prunier et dit, la bouche en cœur :

— J'ai pensé à vous, cher Monsieur, et me suis permis de vous apporter une petite bagatelle.

— Une bagatelle, baron ! Que voulez-vous dire ?..

— Oui... J'ai là, dans l'enveloppe que voici... un chiffon de papier, déniché par moi dans mes flâneries parmi les bouquins et les manuscrits... J'ai idée qu'il vous fera plaisir...

— Vous m'intriguez, baron !... Une lettre pour moi. Voyons cela...

M. Prunier mit ses lunettes.

— C'est l'écriture du roi Louis-Philippe, fit du Pressoir.

— L'écriture du roi ! Pas possible !...

Il déplia la lettre ; hâtivement...

— Vous la reconnaissez ?

— Je l'ai peu vue, je vous dirai... mais mon flair de vieux royaliste me porte à croire... A qui est adressée cette lettre !

— L'enveloppe, paraît-il, portant la suscription... a été égarée... Mais il est clair que le billet était adressé à une femme et à une jolie femme, car c'est un poulet.

— Un poulet, fit M. Prunier avec malice !.., Elodie... éloigne Philippine.

— Oui mon ami... Viens, mon enfant.

— En sortant, elle pensait :

— Allons ! Tout va bien !

M. Prunier regardait la lettre.

— Un poulet, baron, un poulet du Roi... Voyons !...
Voyons !...

Il se mit à lire :

— " Mon cher ange ". Peste ! " Depuis l'exquise
et inoubliable nuit où un hasard béni nous permit
de savourer ensemble les délices de l'amour le plus
soudain comme le plus ardent " — Comme on re-
connaît bien, n'est-ce pas, le style d'autrefois... " je
brûle depuis quinze jours du désir de goûter de nouveau avec vous au fruit défendu ". Diable !... " Car,
hélas ! il est des choses défendues, même au Roi de
France, à qui il ne suffit pas toujours de dire : Nous
voulons, pour obtenir ce qu'il convoite ". Comment,
la dame se faisait prier après avoir tout accordé !...

— Voilà qui n'est pas banal, par exemple !.

M. Prunier continua sa lecture :

" Certes, si cela ne dépendait que de vous, mon
cher amour, je sais que vous voleriez dans mes bras
pour y retrouver l'ivresse de cette nuit unique "

— Voyez-vous ! baron, la gaillarde !

" Mais deux obstacles nous séparent : la distance
d'abord... et votre mari... " Il y avait un mari... ça se
corse... " J'aplanirai le premier obstacle en appelant
aux Tuileries le second qui ne compte pas ".

Voilà un fonctionnaire qui se sera réjoui sans doute de son avancement inespéré et ne l'aura attribué qu'à son mérite personnel.

M. Prunier jubilait :

— Ah ! ah ! je le vois d'ici ce mari ! quelque bonne ganache de provincial. Finissons, baron, c'est fort plaisant : " A bientôt, mon cher ange, je mets mon cœur à vos pieds mignons que je baise en attendant mieux ! " et comme signature L. P,.. Il n'y a pas à s'y méprendre.

— Je ne connaissais pas le roi sous un jour aussi galant. Et vous, M. Prunier ?

— Moi non plus... Bah... Il se souvenait de Louis XV et Henri IV, quelque peu ses parents.. Mais flairez-moi ce parfum, baron...

— La dame aura longtemps caché ce pli dans son corsage et ne s'en sera séparée qu'à regret, par crainte du mari, sans doute.

— C'est clair. Mon cher baron, je me confonds en remercîments. Voilà une pièce que je ne donnerai pas à prix d'or....

— Trop heureux de vous être agréable... Et sur ce, puisque vous voilà content, je me sauve, ayant fort à faire aujourd'hui. Ne vous dérangez pas surtout ; je passe mettre mes hommages aux pieds de Mme Prunier et baiser la main de votre adorable fille.

— Espérez, baron ! Espérez !...

Puis, quand il fut seul, M. Prunier, ravi de cette étonnante aubaine, se frotta les mains en monolo-

guant, ce qui était chez lui un signe visible de satis-
faction :

— Eh ! eh ! voilà un Sganarelle de plus et une honnête femme de moins !.,. C'est égal... pour inspirer
une lettre aussi enflammée à un roi si calme, la dame
devait être bien jolie... Qui cela peut être ?... je
suis curieux de le savoir. Peut-être qu'en fouillant
l'histoire secrète de cette époque... Si je pouvais
découvrir dans la lettre elle-même, quelque indice
révélateur...

Il flaira les pages.

— Hum ! quel parfum.,. Où donc l'ai-je déjà
senti ?... Ah ! voici une date que je n'avais pas vue...
12 juillet 1847... Tiens ! l'année précisément où nous
avons reçu le Roi, puisqu'il est venu ici le 28 juin,
quinze jours avant d'écrire ce billet doux...

Relisons... " Je brûle depuis quinze jours du désir...

M. Prunier tressaillit.

Le rapprochement de ces deux dates avait occasionné dans son esprit un travail machinal.

Hein ! j'ai mal lu... Non... " Depuis quinze
jours " C'est écrit... ah ! mais, ah ! mais...

Une tempête grondait sous le crâne chauve de
M. Prunier et un sentiment bizarre, inconnu de lui
encore, mais d'autant plus violent, naissait dans son
âme jusque-là si tranquille.

Jamais un soupçon n'avait germé dans ce cerveau
paisible et casanier, fait à une vie dépourvue de
charme, s'écoulant, monotone, entre deux femmes

douces et simples. Elodie était pour lui une compagne aimable et jolie qu'il aimait d'une affection sincère, mais en quelque sorte paternellement à présent, étant donnée leur différence d'âge. Et voilà que tout à coup la jalousie naissait en lui, et dans quelles circonstances inattendues, terribles vraiment, dépassant tout ce qu'il aurait pu jamais supposer.

Sa physionomie changeait d'expression. Il se passait machinalement la main sur le front. Une sueur froide humectait ses tempes.

— Est-ce que, par hasard ?.. Nous allons bien voir...

D'une voix anxieuse, il appela :

— Elodie ?...

Mme Prunier accourut.

— Qu'y a-t-il, mon ami ?

Son mari la regardait, très froid en apparence, mais visiblement ému.

— Rappelle-moi donc la date exacte à laquelle le Roi s'est arrêté chez nous ?

— Mais tu le sais bien. C'était le 28 juin 1847, fit Elodie d'un ton innocent.

— Combien y a-t-il de jours du 28 juin 1847 au 12 juillet de la même année ?

— Quelle drôle de question !

— Dis toujours...

— C'est un problème que tu pouvais résoudre tout seul. Du 28 juin au 12 juillet... Voyons, 28, 29, 30, quinze jours exactement.

— Non ! non ! C'est impossible, fit M. Prunier, d'une voix étranglée.

— Pourquoi donc ?...

Il se ressaisit :

— Pour rien... Voyons ! Voyons ! Rassemble tes souvenirs... Autant que je m'en souvienne, le Roi refusa d'abord l'hospitalité que je lui offrais...

— En effet, mais à quel propos ces questions, mon ami ?

— Tu le sauras tout à l'heure. Ce n'est que sur ton intervention inattendue, mais pressante que Sa Majesté se décida à passer la nuit chez nous ?

— Oui...

— Il prononça même à ton adresse une phrase aimable.

— Oui. Il dit qu'une jolie femme était le seul ennemi auquel un roi de France ne saurait résister.

— Parfaitement ! Pendant le diner, il but et mangea fort copieusement...

— Il apprécia particulièrement la mousse au marasquin, mon triomphe.

— Toi aussi, il t'apprécia...

— Moi !...

— Oui ! Il se montra même très galant envers toi...

— Courtois, tout au plus.

— Galant, très galant, répéta M. Prunier... Il te fit beaucoup de compliments soulignés d'œillades significatives...

— Je ne me souviens pas.

M. Prunier crut percevoir dans la voix de sa femme une anxiété visible. Il continua d'un ton amer :

— Je me souviens, moi ! Après avoir reçu au café

les notabilités du village, le Roi se mit au lit dans la chambre bleue, parée pour la circonstance, et nous, derrière sa porte, nous veillâmes tout à tour sur son sommeil, toi de onze heures à deux heures du matin, moi de deux à cinq, après avoir été reposer au rez-de-chaussée sur un sofa.

— Tout cela est très exact, fit Mme Prunier, mais...

— Elodie !

— Eh bien !

— Que se passa-t-il de onze heures du soir à deux heures du matin, entre Louis-Philippe et toi?...

Mme Prunier donna les signes d'une vive émotion.

— Mais rien, mon ami, je te jure ! balbutia-t-elle d'une voix étranglée.

— Pourquoi rougis-tu ?

— Moi !

— Pourquoi te troubles-tu?... Pourquoi balbuties-tu ?

— Je t'assure que tu te trompes...

— C'est toi qui me trompes, tonna M. Prunier, ou plutôt qui m'as trompé odieusement. En voici la preuve.

Il lui tendit la lettre...

— La lettre du Roi !

— Tu avoues, malheureuse.

— Mais...

— Avoue ! mais avoue donc ! puisque tu ne peux plus faire autrement !

Mme Prunier baissait la tête, silencieuse, comme accablée.

— Eh bien oui ! murmura-t-elle, tragique.

— Alors... C'est vrai... tu m'as ?...

— Oui !

— Infâme !...

— Pardon ! Pardon !

Etait-ce possible !. Celle qu'il croyait une honnête femme, celle en qui il avait toute confiance et qu'il aimait, depuis dix-neuf années de vie commune l'avait indignement trompé, et avec un homme qu'elle ne connaissait que depuis quelques heures !...

— Mon ami ! objecta Mme Prunier doucement. C'était le Roi !

— Dans ce cas-là, rugit M. Prunier, le Roi n'est qu'un homme comme un autre !

— Oh ! non, répliqua-t-elle vivement.

— Comment ! oh ! non !

— Je veux dire qu'on ne résiste pas au Roi quand on a dix-huit ans, qu'on est, la nuit, seule avec lui, qu'il vous dit qu'il vous aime, et que votre mari vous a appris à l'admirer et à l'admirer aveuglément.

— Mais malheureuse ! en commettant cet acte insensé, tu n'as donc pas pensé à moi ?

— Au contraire, mon ami, j'ai pensé à ton avancement.

— Dis-moi tout de suite que c'est par amour pour moi que...

— Mais certainement !

— Quel cynisme...

— Tu as bien vu que le lendemain, le Roi t'a promis une place, t'a laissé entrevoir de superbes espérances, et s'il n'avait pas été renversé...

— Assez ! assez ! Tu ne vois donc pas que tu m'exaspères !

— Tu as bien tort de te mettre en colère ! Il y a si longtemps...

— Le temps ne fait rien à l'affaire, et puis, je ne le sais que depuis cinq minutes...

— Après dix-neuf ans, il y a prescription.

Un nouveau soupçon, plus terrible encore, traversa l'esprit de M. Prunier.

— Mais alors, articula-t-il, la gorge serrée par l'angoisse, notre fille qui en a dix-huit est peut être...

Alors Mme Prunier, prenant les deux mains de son mari lui demanda, d'une voix douce et insinuante :

— Jules ! Est-ce que ça ne te ferait pas plaisir d'être le père de la fille d'un roi ?

M. Prunier s'effondra sur un fauteuil. Un vase voisin dégringola, inondant d'eau le tapis.

— Plaisir ! folle ! insensée ! As-tu donc perdu tout sens moral ?...

— Voilà comment tu accueilles la dauphine dans la famille ! poursuivit Elodie d'un ton de reproche.

— Ah ! tais-toi ! Tais-toi... ou je t'étrangle...

Ce coup était trop rude.

Non seulement M. Prunier découvrait qu'il avait été trompé, lui l'homme intègre, que ses concitoyens avaient choisi comme le plus honorable, mais encore que, pendant dix-huit ans, il avait élevé et choyé l'enfant d'un autre.

Le revirement espéré ne se fit pas attendre. Brusquement, comme mû par un ressort, il se redressa et s'élançant vers le buste de Louis-Philippe qui trônait au centre du musée :

— Canaille ! lui cria-t-il ! Misérable ! Dire que je l'ai admiré, vénéré ! Imbécile que j'étais !... Niais ! Sganarelle !...

Ce monarque avait exercé chez son hôte le droit infâme du seigneur, et l'hôte stupide avait conservé comme des reliques les moindres objets qu'il avait touchés.

Alors, prenant les pincettes, M. Prunier donna un grand coup dans la vitrine, qui s'effondra bruyamment.

— Tiens ! voilà le cas que je fais de tes souvenirs et de ta vaisselle... Et ton lit,.. notre lit où tous les deux... Ah ! c'est trop fort,.. Justine ! Justine ! cria-t-il d'une voix tonnante.

La servante accourut au bruit.

— Justine, vous allez prendre une scie... vous scierez le bois de ce lit... vous en ferez des bûches pour allumer le feu de votre cuisine... Tout ce bric-à-brac, vous le mettrez à la boîte aux ordures.

Justine demeurait abasourdie, levant les bras au ciel.

— Monsieur devient fou ! pensa-t-elle.

Puis se tournant vers le buste, M. Prunier, de nouveau, l'apostropha :

— Et quant à toi, image imbécile, tête satisfaite de tyran repu, il faut que je te giffle... Débauché ! Hypocrite ! mauvais hôte ! Tiens ! Tiens !

Le buste tomba à terre avec un grand bruit, et se brisa.

M. Prunier se précipita et en piétina les morceaux.

Puis, il s'épongea le front, et murmura entre ses dents :

— Ah ! Ça me soulage de me venger !

Philippine était accourue derrière Justine.

— Mais qu'as-tu donc, papa ?

Jamais, elle n'avait vu son père dans un pareil état d'exaltation. Il était debout, une pincette à la main, devant la vitrine défoncée...

M. Prunier se retourna. A la vue de la jeune fille, il pâlit.

— Réponds-moi, papa !

— Ne m'appelez plus de ce nom, Mademoiselle !

— Comment veux-tu que je t'appelle, fit-elle effarée.

— Appelez-moi M. Prunier, ou plutôt citoyen Prunier. Je suis un vieux démocrate, moi !

— Quelle drôle d'idée ! Pourquoi ?

— Demandez-le à Madame votre mère !

Elodie Prunier, depuis le commencement de cette scène se tenait coite, assise sur le canapé, regardant son mari écumer de rage.

— Laisse, fit-elle tout bas à Philippine, ça passera ;

— Et puis, continua M. Prunier avec importance, à partir d'aujourd'hui, Mademoiselle, vous me ferez le plaisir de changer de nom, du moins en ma présence... d'avoir un nom... comme tout le monde... Vous êtes inscrite sous l'appellation d'Eugénie, le nom de votre marraine. Désormais...

La Leçon de Dessin.

— Y penses-tu, papa ! C'est le nom de l'Impéra-
trice.

— Je m'en moque !...

Un coup discret fut frappé à la porte. Le baron
avait oublié ses gants et venait les chercher, profitant
de l'occasion pour apporter à ces dames quelques
fleurs...

Il parut plutôt surpris du désordre inaccoutumé
qui régnait dans ce salon.

— Grand Dieu, fit-il, quelle catastrophe?...

— Vous demandez quelle catastrophe ! fit M. Prunier, la face congestionnée, les pincettes à la main...
Le voilà !... votre triste Roi... Vous pouvez en em-
porter les morceaux, si le cœur vous en dit... Vous
m'obligerez même, Monsieur, si vous voulez rempor-
ter toute la grotesque brocante dont vous avez en-
combré mon appartement.

Que voulait dire cet accueil inattendu ?... Du Pressoir, stupéfait, ne savait quelle contenance garder.
Timidement, il hasarda :

— Qu'est-ce qui vous prend ? Monsieur Prunier.

— Il me prend que je n'aime pas qu'on se moque
de moi ! Vous avez cru rencontrer en moi un mari de
comédie... Vous vous trompez, Monsieur. J'y vois
clair.

A présent, toute sa rage se tournait contre cet
homme qui s'était fait, peut-être à dessein, l'émissaire
de la lettre malencontreuse.

— Voilà assez longtemps que vous m'exploitez avec
votre conspiration de brasserie dont je paie les bocks

cassés six cent cinquante huit francs pour le premier mois, conspiration ridicule, d'ailleurs...

— Ridicule !

— Oui ! Quand je pense que vous n'êtes même pas arrivé à nous faire arrêter !...

— On fait ce qu'on peut...

— Restons-en là, Monsieur !...

Le baron, complètement interloqué par cette charge à fond, inattendue, ne savait que dire...

— Eh bien ! Et votre fille...

— Je la garde !

— Et vos engagements !

— Je les romps !

— Je croyais, M. Prunier, que vous n'aviez qu'une parole.

— Raison de plus pour la reprendre.

— Prenez garde ! Le prince connaîtra votre attitude...

— Je m'en moque ! Dites-le lui de ma part.

— Je n'y manquerai pas.

— Vous pourrez même ajouter que je n'ai qu'un regret : c'est de ne pas m'être fait tuer plusieurs fois, moi aussi, sur les barricades, pour renverser le tyran.

— Je me retire.

— Vous faites bien. Vive la République !

Et le baron du Pressoir, ajustant son monocle dans son œil gauche, sortit tout interloqué.

Philippine ne savait que penser. Elle était venue se blottir apeurée, auprès de sa mère.

— Pourquoi chasses-tu cet homme, papa ? deman-
da-t-elle.

— Appelez-moi « monsieur » fit M. Prunier.

— Mais je ne pourrai jamais ! Pourquoi chasses-tu
cet homme, dont le père était chambellan de Louis-
Philippe...

— Précisément pour cette raison.

— C'est celle pour laquelle tu l'avais agréé...

— J'ai changé d'avis.

— Laisse-moi faire, mon enfant, dit tout bas
Mme Prunier à Philippine.

Mon ami, continua-t-elle, en s'adressant avec calme
à son mari, tu ne te demandes pas si ce renvoi injus-
tifié du baron du Pressoir est du goût de ta fille. Tu
lui avais exprimé d'assez impérative façon le désir
de la voir épouser ce jeune homme. Qui te dit qu'elle
ne s'est pas faite à cette idée, qu'elle ne s'est pas
habituée à être baronne, et qu'elle aussi ne se soit
pas sentie née pour la noblesse ?

— Parbleu...

— Dis comme moi, glissa Elodie à l'oreille de la
jeune fille.

— Mais oui, papa ! Je me suis mise à aimer le baron
éperdument et à présent... Je n'en veux pas d'autre
que lui.

— Allons donc !

— Oui, fit Mme Prunier, car elle a plus que jamais
conscience du rôle qui incombe à la fille d'un homme
qui, à dater d'aujourd'hui, comptera dans l'histoire
de France.

— A quel titre, hélas ! gémit M. Prunier.

A ce moment, on sonna.

— Qui peut venir ?

— Je n'y suis pas...

— Ouvrez, Justine, commanda Mme Prunier.

Philippine se précipita derrière la servante.

Elle revint, toute rose d'émotion :

— Mon père... c'est... c'est... Monsieur Linot... qui vient... pour... pour...

— Qu'il entre !...

Le jeune homme apparut, un peu décontenancé du spectacle singulier qui s'offrait à ses yeux, dans ce salon si méthodiquement rangé, si soigneusement entretenu d'ordinaire.

Il balbutia, en jetant vers M. Prunier des regards inquiets :

— J'étais venu... pour... pour... m'excuser... tâcher d'effacer dans votre esprit le fâcheux incident du parapluie...

M. Prunier vint vers lui, lui prit les mains.

— Un parapluie ! dites un pépin, un pépin bourgeois aux baleines insolentes comme celui qui l'avait porté.

— Vous ne m'en voulez pas ?

— Vous en vouloir... au contraire... Tenez... Voyez... le cas que j'en fais.

Et saisissant parmi les débris de la vitrine les lambeaux de la relique si respectée par lui la veille.

— Tenez, mon cher ami. Lacérez-les, faites-en de la charpie ! Je vous y autorise, je vous y aiderai.

— Quand je pense, continua M. Prunier, que je vous ai maltraité, l'autre jour, moi qui vous comprends si bien maintenant ! Ah ! vous n'êtes pas comme ce rastaquouère de baron ! Vous êtes un brave garçon, vous ! Comme je suis content que votre père se soit fait tuer en 48.

Linot, de plus en plus surpris, protesta :

— Mon père... pardon !...

— A la bonne heure ! En voilà un homme ! Et comme vous avez raison de servir l'Empereur avec dévouement !

— Bah !...

— Moi aussi, je l'aime pour le bon motif ; moi aussi, je voudrais lui jurer sur l'autel une éternelle fidélité.

— Sur l'autel !

M. Prunier tira un papier de sa poche...

— Et tenez, pour vous le prouver, Monsieur Linot, voici la liste des conjurés.

— Quels conjurés ?

— Ils y sont tous ! Du Pressoir père, du Pressoir fils, le chevalier de Sainte-Radegonde, et les autres... vous pouvez la remettre...

— A qui ?

— A l'Empereur !

Le peintre était tout à fait abasourdi.

— J'irai plus loin, fit M. Prunier... Ma fille, c'est-à-dire... Philippine... c'est-à-dire... Eugénie... son Altesse... qui est là... m'a dit que vous vouliez l'épouser.

— En effet.

— Eh bien ! je vous la donne !

La jeune fille s'était levée d'un bond.

— Est-ce possible ! quelle joie ! fit Linot.

— Mais, mon ami ! protesta Mme Prunier.

— A mon tour de me venger.

Il se frottait les mains, et marmotta, in petto, d'une voix sifflante, dans l'oreille de sa femme :

— Marier une Dauphine des d'Orléans à un Bonapartiste : c'est machiavélique... Ne contrariez pas ma vengeance... Epousez-la, Monsieur, continua-t-il à haute voix, je vous la donne, et dépêchez-vous, que je n'en entende plus jamais parler... Epousez-la à la barbe des princes, et puissent-ils en crever de rage!..

La porte claqua... M. Prunier s'était retiré dans ses appartements.

Les trois personnes qui se trouvaient là se regardaient stupéfaites.

— Papa est fou ! dit Philippine...

— Pourquoi m'a-t-il ordonné de vous épouser ainsi le plus tôt possible... et a-t-il dit que mon père était mort en 48 ?...

— Ne cherchez pas à comprendre, mes enfants, fit en souriant Mme Prunier. Vous vouliez être l'un à l'autre, c'est fait. N'en demandez pas plus.

— Tu m'expliqueras bien comment tu t'y es prise pour provoquer ce brusque revirement quant à Louis-Philippe.

— Mon Dieu ! j'ai usé du seul moyen qui me restait pour guérir mon mari de son fanatisme, ce fanatisme, qui menaçait de gâcher ton bonheur, ma pauvre petite, en te mariant à ce du Pressoir, et qui était en train aussi de nous ruiner, car sous prétexte de reliques et de conspiration, ton père aurait fini par nous mettre tous sur la paille : et ce moyen était de m'accuser faussement à ses yeux.

— Tu t'es accusée, toi, mère ! Mais de quoi donc ?

— D'une faute imaginaire, bien entendu...

— Et il t'a crue coupable, toi, la plus irréprochable des femmes !

— Sans hésiter ! Ainsi sont les hommes, même les meilleurs, hélas ! Mais il en est le premier puni, car, dans le fond, il en a été peiné... et moi aussi... Mais c'était le seul moyen de lui rendre la raison.

— Comment ! tu aurais fait cela, toi ? fit la grosse voix de M. Prunier, qui, revenu sur ses pas, à l'improviste, venait de tout entendre.

— Sapristi... fit Mme Prunier... je suis pincée...

Le bonhomme était très ému :

— Mais alors, demanda-t-il, la lettre du Roi ?...

— C'est moi qui l'ai écrite, mon ami, et portée à Vernheim en lui expliquant de quoi il s'agissait...

M. Prunier était au fond une excellente nature et il se sentait touché jusqu'aux larmes de l'intervention généreuse de sa femme.

— Pardon ! fit-il en l'embrassant... Pardon !

— Mais ajouta-t-il en désignant Philippine... la Dauphine... ?

— Embrasse ta fille, grand niais !

M. Prunier ouvrit ses bras :

— Ma chère petite...

Philippine le boudait...

— Appelez-moi mademoiselle, Monsieur Prunier.

— Appelle-moi papa... Ah ! je respire mieux, tout de même à présent.

— Et ce pauvre Louis-Philippe ! dans quel état tu l'as mis !...

— Bah ! il m'avait rendu fou... et j'ai encore une dent contre lui pour l'émotion qu'il m'a causée. Il n'y a que ma superbe collection que je regrette un peu.

— Bah ! pour ce qu'elle valait !

— Des pièces authentiques !

— En toc... comme ce verre où le Roi avait bu. Je l'ai remplacé sept fois...

— Et tu payais cela à coups de billets de banque !

— Ah ! tu en as dépensé de l'argent !

— Petite rouée !

— Tant pis, papa ! Je suis heureuse, je lève le masque !

M. Prunier restait stupéfait, immobile, très pâle...

Quoi ! ce musée édifié avec tant de peine ! l'orgueil de sa vie, le but de tous ses instants... n'avait été qu'un amas de duperies !

Le pauvre homme se trouvait guéri de la désolante manie qui l'aurait mené tout droit à la ruine, et qui aurait causé le malheur de son enfant, mais malgré tout, la nouvelle si brusquement apprise de l'inanité de tous ces souvenirs le vexait.

Il ne voulut pourtant rien en laisser voir, et s'adres-

MUSEE

sant à Linot, qui tournait sans mot dire son chapeau entre ses doigts, M. Prunier lui demanda de venir dîner sans façon le soir... avec ce qui pouvait lui rester de proches parents.

— Volontiers, fit le jeune homme. Mon père se fera un plaisir de m'accompagner.

— Votre père ! Il n'est donc pas mort en 48 !

— Mais non ! Monsieur.

— Tant pis...

— Comment ! tant pis !...

— Mais alors !... vous n'êtes donc pas un agent bonapartiste !... C'est du Pressoir qui me l'avait affirmé... Mais alors, si j'allais me dédire !...

— Oh papa ! dit Philippine.

— M. Prunier ! insista Linot.

— Prends garde ! mon ami ! dit Mme Prunier ! j'ai sous la main une vengeance toute prête !

— Non, puisque le Roi est mort.

— Mais il a des héritiers, bien vivants, et je suis encore belle...

— Allons ! Elodie, je m'avoue battu...

— Battu et content !

— Oh oui ! mais pas...

— Chut...

— Ce du Pressoir, pourtant, fit M. Prunier...

— N'avait qu'un désir, c'était de se débarrasser d'un rival qu'il redoutait.

— Mais, ses renseignements... Il m'a assuré les tenir du capitaine de la Flotte... le trésorier de notre Club...

— De la Flotte... interrompit Linot... Mais je connais cela... N'est-ce pas un gros brun très moustachu qui place du vin...

— Oui... c'est cela...

— Un ancien adjudant qui fait un peu tous les métiers, surtout celui de *bookmaker*...

M. Prunier regardait Linot avec stupeur :

Tant de désillusions en même temps ! c'était beaucoup !...

Malgré la joie de sa fille, de sa femme et de ce brave garçon, joie qui était un peu son œuvre, M. Prunier sentait au fond de son cœur comme un vague regret...

— C'est égal ! fit-il... être trompé par le Roi... C'était encore un honneur.

— Le regretterais-tu, mon ami ?

A ce moment, dans la rue, retentirent les accents d'une musique militaire... Des troupes passaient.

— C'est l'Empereur, fit Linot, qui revient d'une séance solennelle à l'Institut...

L'air de la Reine Hortense résonnait en notes joyeuses...

— Si je le regrette ! fit M. Prunier. Tu vas voir !

Il ouvrit la fenêtre.

L'instant était grave... Qu'allait-il se passer ?

Pour la première fois, M. Prunier, le farouche royaliste, le maire révoqué de Boispignon, le conspirateur de la rue du Petit-Moyne allait se trouver en face de Napoléon III.

Philippine s'était blottie dans les bras de sa mère, toute tremblante.

Alors, M. Prunier, sortant son large mouchoir, un mouchoir blanc marqué au coin d'une fleur de lys brodée, l'agita frénétiquement, et, de toute la force de ses poumons, il cria :

— VIVE L'EMPEREUR !

Courbevoie. — Imp. E. BERNARD, 14, rue de la Station.

$$\mathcal{M}$$

Avez-vous une photographie, la vôtre, ou celle de vos parents, de vos enfants, de vos amis, de votre château, villa, maison, de votre cheval, chien, chat, etc. ?

Pour avoir sa reproduction sur 100 cartes postales, il suffit de l'envoyer à M. E. Bernard, imprimeur-éditeur, Paris, avec la somme de 5 francs.

On peut aussi faire ces cartes d'après un cliché photographique, un dessin, une aquarelle ou un objet dont on désire la reproduction.

Elles peuvent être faites en carte pleine, en demi-carte, médaillon, etc.

Les ordres sont exécutés au fur et à mesure de leur réception, dans un délai de 15 jours ou d'un mois.

Les documents doivent parvenir franco ; le retour de ces documents est à la charge du client ; le port des cartes est fixé à 50 centimes.

Adresser les commandes :

A M. E. Bernard, imprimeur-éditeur,
14, rue de la Station, à Courbevoie.

A la Librairie E. Bernard,
29, quai des Grands-Augustins, Paris.